꿈꾸었던 동화의 나라와 작별

Abschied des Träumers vom Neunten Land

1. Abschied des Träumers vom Neunten Land
2. Eine winterliche Reise zu den Flüssen Donau, Save, Morawa und Drina oder Gerechtig-
keit für Serbien
3. Sommerlicher Nachtrag zu einer winterlichen Reise by Peter Handke

꿈꾸었던 동화의 나라와 작별

Abschied des Träumers vom Neunten Land

페터 한트케 지음

윤용호 옮김

종문화사

차 례

I. 꿈꾸었던 동화의 나라와 작별

　사라져간 현실 : 슬로베니아에 대한 추억　　　　　　7

II. 도나우강, 사베강, 모리나강, 드리나강으로
　　겨울여행 혹은 세르비아의 정당성

　1. 여행 전에　　　　　　　　　　　　52

　2. 여행 1부 도나우, 사바 그리고 모라봐강을 향해　　82

　3. 여행 2부　　　　　　　　　　　　109

　　에필로그　　　　　　　　　　　　132

III. 겨울여행에 대한 여름 후기

* 발칸반도와 유고슬라비아연방을 이해하기 위한 역사 안내　　213
　　　　　　　　　　　　　　　　－옮긴이－

I

꿈꾸었던 동화의 나라와 작별

사라져간 현실 : 슬로베니아에 대한 추억

동화의 나라, 즉 모두가 동경하는 목적지를 가리키는 말로 슬로베니아에서는 >아홉 번째 나라<라고 말한다. 페터 한트케는 1986년에 출판된 책 『반복』에서 슬로베니아를, 특히 슬로베니아의 석회암 지대(Karst)를 자유의 땅으로 이야기하고 있다. "유고슬라비아연방에서 분리된" 슬로베니아 독립국가 성립이 그에게, 이 땅에서 체험을 슬픔과 분노 속에서 뒤돌아보게 하는 계기가 된다.

>슬로베니아 공화국<이란 이름을 가진 고유하고 정당한 국가에 대해 여러 이유들이 이야기되어 왔다. 나는 그 이유들을 보다 상세하게 파악하고 알기 쉽게 이해하기 위해 먼저 한번 곰곰이 생각해보고 싶다. >이유<란 명사를 동사 >곰곰이 생각하다<와 연결해서 구성해 보았다. 그러나 나는 어떠한 이유도, 소위 말하는 >대(大)세르비아 탱크공산주의< 같은 단 하나의 이유도 결코 볼 수가 없었다. 슬로베니아 국가란 그저 하나의 기정사실일 뿐이었다. 그리고 >크로아티아 국가<도 마찬가지었다. 이런 사실은 물론 나와는 관계가 적다. (그렇지만 결코 확실한 것은 아니다.) 나는 슬로베니아 국가와 200만 명의 슬로베니아 국민[01]을 >나의<라는 수식어와 함께 여러 사항들 가운데 하나로 관찰했다. 그것은 내 개인의 소유 사항이 아니라 내 인생의 사항이었다.

그렇긴 하지만 나는 결코 >슬로베니아 사람<은 아니다. 나는 오스트리아/케른튼의 작은 마을에서 태어났다. 옛날 제2차 세계 대전 때 그곳은 다수가, 아니 전체 주민이 오스트리아-슬로베니아인이었고 또 서로가 두 지역의 방언을 사용하는, 즉 이중 언어 지역이었다. 나의 어머니는, 국경을 넘어 유고슬라비아-슬로베니

---

01) 한트케는 이 책이 나온 1991년 슬로베니아 인구를 200만 명으로 적고 있다. 세르비아(코소보 포함) 인구는 890만 명으로 유고연방에서 가장 세력이 강한 국가다. 세르비아는 연방의 유지를, 슬로베니아는 분리 독립을 주장하며 1991년 전쟁을 치른다. 연방 유지를 옹호하는 한트케에게 1991년 6월 독립국가 슬로베니아의 성립은 이 땅에서 그의 체험을 슬픔과 분노 속에서 뒤돌아보게 하는 계기가 된다.

아의 마리보르에서 과수재배를 공부했던 큰오빠의 영향을 받아, 소녀시절에 자신을 슬로베니아 주민들 중 한 사람으로 (후에, 전쟁 후에는 특히 더) 여겼다. 그러나 나의 아버지는 독일 군인이었다. 그의 고향인 동베를린에서 보낸 최초의 유년시절을 통해 독일어는 나의 말이 되었고, 그후 사는 곳이 바뀌어, 〉시간과 함께〈 점점 사라져 가는 오래된 슬로베니아 마을에서도 독일어는 나의 말이었다. 그곳은 주민들이 그저 농담으로 〉스타라 바스〈[02](Stara Vas)로 불렸던 마을이다. 독일 대도시에서 자란 어린애[03]에게 슬로베니아어의 모음발음들은 듣기에도 끔찍했다. 심지어 어머니가 슬로베니아 말을 하면 나는 그녀 입을 가로막곤 했다.

그러나 시간이 흘러 슬로베니아 조상들에 의해 이야기된 것을 듣게 되면서, 점차 좋은 인상들을 가지게 되었고, 그것은 자연스럽게 (혹은 당연한 것처럼) 변화되어 갔다. 그렇지만 나는 결코 〉슬로베니아인〈이 되지는 못했다. 비록 내가 그사이 슬로베니아어(語)를 제법 읽을 수 있었음에도 그저 〉반쪽〈이었다. 요즈음 나를 어떤 국민 속에서 본다면 나는 이름 없는 국민이다. – 그것은

---

02) 슬로베니아어로 Stara는 도시, Vas는 철. 그래서 철이 생산되는 도시.
03) 한트케는 1942년 오스트리아/캐른튼 지역의 그리펜구에 있는 알텐마르크트 6에서 태어났다. 그의 어머니는 어린 한트케를 데리고 1944년 계부 부르노 한트케의 고향 동베를린–판콥으로 가서 살다가 1948년 오스트리아/캐른튼의 알텐마르크트로 다시 돌아와 그곳에서 초등학교를 다니게 된다.

꿈꾸었던 동화의 나라와 작별

die tödlichen Scherben (gedenfalls das täglich!!6
(Scherbengeräusch)
der Himmel zwischen den verschiedenen Stimmen
einer dicken Buche
am anderen Ufer des Sees tropfend "Hafer"
wasser, wo Kinder an einer treu ob von
spielen Ruhse
der sich nähernde Regen, der einen
Hügel den nach dem anderen verschwinden
löscht; von der dunstfläche des Seesweiten
denken, wie von einer Anlaufbahn
(jetzt ist der See auch leer—
geworden, nur starkes Wind
flimmern) Einen fremden
Raum aushalten
unbeweglich
Eine Buche, die sich
Korn fast ins Seewasser
kniet. toter Fisch zwischen Seerosen
das Pfarrhaus; der Pfarrgarten; die Frau nickelm
Kaffeteller im Pfarrgarten, salat setzend; dunkelrote
Fenster am Pfarrhaus
"milostia polna" voll der Gnade; betende Weiber
und quietschende Sakristeitüren
"Wer erwartet noch etwas von mir?" Sveta
Marija" — "Zdrava Marija" (Gegrüßet!)
Goldene Heiligenscheine leuchten in der düsteren
Kirche; am spätnachmittag die nördlichen Berge
wieder?, obskur mit Sohnee jetzt. "moji ba...
Margeriten und Asparagus, von Pfeilern herab—
ragend, vor dem Altar ein kleines Mädchen
mit sehr langen Zöpfen; "wo ist meine Mutter,
in jedem meiner Glieder; jetzt hier?4

때로 유익할 수도 있고, 때로 (지상을 배회하는 이름 없는 사람들과의 동질성을 더 이상 느낄 수 없을 때) 무익하기도 했다.

그럼에도 불구하고 나는 내 인생에서 세상의 어느 곳보다도 내가 사는 집과 슬로베니아라는 나라를 낯설게 느꼈다. 낭만적인 평판과는 다르게 고향에서 추방되었던, 그래서 유년시절의 매혹적인 장소들과는 달리, 그곳엔 실제로 오랜 연륜 같은 것이 존재한다는 믿음이 들 때까지, 나는 25년이란 긴 세월을 그렇게 보냈다.

유고슬로비아에서, 슬로베니아에 있는 집에서? 아니, 현실에서다. 그것은 ›어느 귀향자의 편지‹를 쓴 오스트리아 작가 호프만슈탈[04]을 공포의 전율 속에 몰아넣었던 비현실과는 전혀 다른 것이다. 그 작가는 독일 땅을 오랫동안 떠났다가 돌아온 후, 어떤 물체에서도 더 이상 그것의 존재감을 느끼지 못했다. 어떠한 항아리도 항아리란 사물로 효과가 없었고, 어떠한 책상도 더 이상 책상으로 존재하지 않았다. 독일지역에서의 모든 관습적인 물건들은 귀향자에게 ›무익하게‹ 여겨진다. 그것에 비한다면 세월이 흐르면서 매번 국경을 반복적으로 넘어가는 나에게 사물들은 얼마나 현실적으로 슬로베니아 물건들이 되었던가. 그들은 다른 것으로 변화될 수가 없었고, ‒ 거의 모든 것이 단순히 독일에서 뿐만

---

04) 후고 폰 호프만슈탈(Hugo von Hofmannstahl, 1874‒1929).

아니라 서방세계 도처에서처럼 -, 다른 것에 도움이 되었다. 강을 건너갈 때는 다리(橋)를 생각나게 했고, 물의 표면은 호수를 생각나게 했다. 걸어갈 때는 언덕이나, 늘어선 집들이나, 과수원에 의해 동반됨을 느꼈고, 멈추어 있을 때는 무엇인가 살아 있는 것에 의해 둘러싸여 있다고 느꼈다. 그럴 경우 이러한 사물들의 공통점은 소박함이었다. 즉, 평범함이었다. 바로 그런 현실감이, >그렇다. 이제 나는 마침내 여기 있다!<라는, 집에 있다는 감정을 가능하게 했다.

세월이 지나면서 개별적 상황들을 벗어나 나라 전체가 나에게 현실의 땅으로 되었다. 그것은 방문객이나 주민을 위해서가 아니라 나에게 그렇게 여겨졌다. 그들은 나를 그들 방식으로 걸어가고, 말하고, 바라보고 특히 이해하는 면에서는, 국경선 저편 이탈리아나 오스트리아 주민들보다 훨씬 현실감 있게 여길 것이다. 슬로베니아 땅에서 그리고 슬로베니아인의 집에서 나는 정말 언제나 현실의 손님으로 나를 느낄 수 있었다, (카르스트나 혹은 바람막이 언덕의) 술집에서, (이스트리엔의 흐라스톱브리나 혹은 복하인 호숫가에 있는 스베티 야네츠의) 교회 탑 근처에서, (톨민에서 노바 고리차로, 류블리아나에서 노바 메스토로, 코퍼에서 디바차로 가는) 버스 안에서, 모스트 나 소치 혹은 비파바의 다정하고 초라한 여관에서, 나라 도처에서 실물과 가까운 부드럽고, 꾸밈

Litanei Namen Jesu: Gospod, usmili 126
se. Kristus, usmili
se. G. u. s. Jezus,
sliši nas. J. usliši
nas. Bog Oče nebeški,
usmili se nas. Bog Sin,
Odrešenik sveta, Bog Sveti
Duh, Sveta Trojica, en sam
Bog.
Herz Jesu-L: ... Srce Jezu-
sovo, v katerem so vsi
zakladi modrosti in ved-
nosti / S.J., v katerem
biva vsa polnost božanstva /
S.J., nad katerim ima Oče po-
sebno veselje / S.J. iz čigar
polnosti smo vsi prejeli
L. Matere Božje: Sveta
Marija, prosi za nas.
.. Devica častitljiva,
D. hvalevredna / Devica
mogočna / L. vseh svetnikov: Sv. Mihael Sv.
Gabrijel, Sv. Rafael - Vsi sveti angeli in nadangeli
prosite za nas .. Vsi sveti apostoli in evangelisti
Vsi sveti mučenci in leviti, Vsi sveti menihi in
puščavniki .. Vse svete device in vdove
- Večne smrti - reši nas, o Gospod, Po
skrivnosti svojega svetega učlovečenja: ..
Und grinsend kommen die Kinder in ihren Turn-
schuhen aus dem Beichtstuhl und gehen ihre
Buße beten (oder nicht), während die dunkelblaue
Nonne die Reihen der ... flüsternd und
zischend abgeht; spöttisches Aus-dem Bs.-

없고, 매력 있는 슬로베니아어(語)를 향해 귀를 열어 놓고 있을 때, 그것 역시 현실감을 주었다.

그와 같은 경험들은 나의 상상이거나 혹은 환상일 수도 있다. 1991년 6월과 7월의 사건들[05]은 슬로베니아인들의 슬픔이나 자부심뿐 아니라 ≫보이나≪(vojna), 즉 전쟁에 대해서도 생각해보게 했다. 호프만슈탈의 비현실에 관한 혹은 현존하지 않는 것에 관한 혹은 독일어 쓰는 지역에서 말로 표현할 수 없는 그 무엇에 관한 편지 이야기는 제1차 세계대전이 일어나기 몇 년 전에 쓰였다. 그리고 그것은 조금 전에 이미 나에게도 그렇게 존재하는 슬로베니아의 사물들, 풍경들이 전체 나라와 함께 비슷하게 일어났다. 역사가 없었다면 완전한 현존이란 아마 불가능했을 것이다. (비록 행복했다 해도?) 역사가 없다는 것은 기껏해야 역사에서 (혹은 우리들의 불행하고-영원한 불가항력에서?) 하나의 작은 휴식부분이었다. 슬로베니아는 나에게 늘 카라반켄 산맥의 남쪽에서 시작해, 멀리 아래로, 예를 들면 알바니아 앞쪽 비잔틴 교회들과 이슬람사원 곁에 있는 오흐리드 호수[06]에서 혹은 그리스 앞쪽 마케도니아 평야에서 끝나는 대(大)유고슬라비아에 속했다. 그리고 명

---

05) 1991년 6월과 7월의 사건 : 1991년 6월 25일 슬로베니아가 독립을 선포를 하자 유고슬라비아와 슬로베니아 사이 일어났던 짧은 전쟁이다. 양 측은 각각 슬로베니아 국토방위군과 유고슬라비아 인민군을 동원하여 전투를 치렀다. 1991년 6월 27일부터 브리유니 협정으로 종전선언을 한 7월 7일까지 딱 10일 동안 전쟁을 했기 때문에 10일 전쟁이라고 부르기도 한다.

06) Ohridsee : 마케도니아와 알바니아의 국경에 있는 호수.

Raum: "Auf einer Brückenwaage" (darunter)
Holzhaus; die W. ist überdacht (nicht mehr in
Gebrauch?)
In der G. Strohbesen als Klosettbürste, Spiegel,
der verzerrt.
Ausgestopfter Rehbock mit Gras (-Heu) im Maul
Die gemütliche Haltung des verdrückten Frosses
(ein Bein übers andre geschlagen)
Plastiksack, der schwer von einem Baum
hängt, vom vielen Regen prall gefüllt
Gehen an den blauen Wegblumen vorbei: Erlebnis
von FAHRT (völlig stiller, majestätischer ...)
Selbst der Rock scheint beim Anziehen Ge-
wittergeräusche zu machen (schwer von ...)
ein ... Bachbett steil hinauf, das
jetzt mit Steinen gefüllt ist, z.T. mitgestürzten
Bäumen versperrt (Trichter)
Bei der Alph.: ... das auf Steinen liegt, in
den Buckelmulden ...; so ausgetrockneten Hals
daß S. hustet von den paar schwarzbeeren ...
hinterhereischen

Stein   Buckelwiese

백한 슬로베니아 독립은, 다른 남슬라브 나라들처럼 결코 주권을 요구하지는 않는 것으로 보였다. 내 눈에는 분명하게 커다란 통일이었다. 이것은 지리적으로 트리에스트 북쪽의 트르스텔야산으로부터 디나르족이 사는 평지에 이르는 카르스트 지형에서 증명되었을 뿐만 아니라 특히 역사적으로도 그렇다. 내가 믿기로는 금세기 들어 두 개의 사실이 다양한 유고슬라비아 민족을 통합시키고 지속적으로 유지시켰다. 먼저, 합스부르크 제국의 종말과 함께, 처음으로 독립된 그래서 더 이상 어두운 식민지가 아니고, 언어들이 더 이상 노예의 속닥거림일 필요가 없는, 여러 나라들이 강요되지 않고 심지어 열광적으로 이룩한 1918년의 통합이다. 그리고 다음은 제2차 세계대전 때 유고슬라비아 민족들, 또 그 민족들의 다양한 정당들 그리고 서로 대립되는 세계관들이 일치단결하여 강대국 독일에 대항하는 공동투쟁을 들 수 있다. 크로아티아의 우스타샤-파시스트[07]를 제외하고 -.

(나는 언제나 슬로베니아 마을에서 노인들의 작은 모임을 우리와는, 즉 독일과 오스트리아 역사와는 완전히 다른 역사의 증인으로, 바로 격렬히 반항적인 유고슬라비아 역사의 증인으로 보았고, 이러한 그들의 역사를 나는 부러워한다는 말 외엔 달리 할 말이 없다.)

---

07) die kroatischen Ustascha-Faschisten : 크로아티아의 반(反)유고슬라비아 분리주의 운동 조직이자 파시스트 조직으로 제2차 세계대전 기간에 70여만 명의 세르비아인과 정교도인들을 학살했다.

하지만 세월이 지나면서 내가 슬로베니아에 올 때마다, 그곳에서는 점점 새로운 역사가 펼쳐졌다. 새로운? 아니다. 그것은 구시대 역사였다. 시간과 함께 새롭게 전환된 »중부유럽«의 전설이었다. 그리고 이 전설은, 침묵하는 노병(老兵)들[08]의 전설과는 달리, 즉 여기저기 산재해 있는 화자들과는 달리, 점점 더 시끄러워진 집단형태의 대변자를 가졌다. 중부유럽의 역사에 대해서 모든 연설자들이 그 자리를 거의 독점적으로 차지하였다. 원래 작가들인 내 친구들까지도, 은연중에 변화되어 연설자의 역할을 대신했다. 그리고 이 역사적인 연설은 특히 신문, 월간 잡지 그리고 시사회에서 널리 퍼지고 있었다. 슬로베니아 손님인 나에게 그 나라의 모든 사건들이 비현실적인 것, 이해할 수 없는 것, 비실제적인 것으로 느껴졌다.

슬로베니아가 이전 나에게, 정치적으로 보아 »동쪽«이라는 것은 아니다. 그리고 그것은 나에게 방위에 따라 결정되긴 하지만 결코 남쪽에 있지도 않았다. 그것은 이탈리아와는 달리 남쪽나라는 아니었다. 그러나 또한 크로아티아, 세르비아, 몬테네그로에서 나는 한 번도 »남부에서«라고 느끼지 못했다. 또 우리들 오스트리아 국경 감시초소 신문들이 그들 독자에게, 적어도 지난해의 근본적인 변화에 대해 끊임없이 거짓말로 꾸며 기사를 내보냈지만,

---

08) 제2차 세계대전 때 독일에 대항했던 티토의 파르티산 부대.

꿈꾸었던 동화의 나라와 작별

Steine tief unten im Gras, von denen S. erb... 130
ensteht (sie sind unsichtbar)
wunderschöne lila Farbe der Felsen und Steine
auf dem Gebirgsweg
Auf dem mühseligen Weg Freundschaft (fast —
Sanftheit) zu den Tieren (auch den Kleinsten)
Fahrradständer
Heuschuppen mit blendenden Blechdächern (Plötz-
lich in der Ödnis)
In Nemški Rovt im Vorbeigehen die Wasserrumpel
und daneben der Haufen dunkler Zaubererkleider
ein kurzes Gefühl der Heiligkeit und der be-
wahrten Zeit
Was will er für sich? In Räume gelangen (nicht
eindringen) zu Räumen kommen (die oft auch
erst durchs Bleiben entstehen)
Alte Frau, voll pathetischen Mitleids in der
Nacht, sie kriegte scharfe Gesichtszüge davon
wie denkwürdig (preislhaft)
Die Nacht voll von (trauernden) Soldaten
In diesem Gasthof T. in Tarke, und (Panzbild
"Ein Verzeichnis der wissenswerten Bekannt-
machungen und Warnungen"   ⌐ "Hotel
                                      Krn"

(Brotkorb) [Tolmein]
und daneben aus Glas, ein
Zahnstocherbehälter, mit Töpfen
drunter für Salz und P. ähnlich
in der Form wie der Fußabstreter von
Bistrica
die Frau steht vor der Tür, und wartet, bis ihr der
Mann (Soldat) über die Schulter greift und die
T. anmacht
Raum: "Das Podium" (in Wirtshaussälen! →

예세니체나 드라보그나드 혹은 무르스카 소보타[09]에서 >발칸<은 시작되지도 않았다. 도대체 어떤 성인 독자가 오늘날 현실적인 것을 그와 같은 단어 하나와 연결할 수 있단 말인가?

보스니아와 헤르체코비나 또 코소보 어디에서도, 걸어서 갈 때나, 버스나 기차를 타고 갈 때도, 싸움을 좋아하는 이 우둔한 사람의 화약고 발칸이라는 구호가 내 머리에 떠오르지도 않았고, 입에서 나오지도 않았다. 그와 같은 구호가 중요했다면, 예를 들어, 베오그라드의 세르비아 지식인들을 파리나 뉴욕에 있는 동료들의 쌍둥이라고 불러야 했고, 그들은 어느 하루의 특정한 이론에서 그것이 >속도<든, 아니면 >혼돈의 탐구<든 텔레파시[10]로 연결되어 있어야 했다. 그리고 나의 소중한 동료이자 번역가인 차르코 라다코비치 − 노비사드/베오그라드/튜빙엔/쾰른/시에틀에 있는 − 에게, 내가 소차강[11]을 따라 상류지역을 걸어갈 것이라고, 대충 이야기할 때, 그는 나에게 재빨리 그의 새로운 크고 작은 세르비아 이론 >강변을 따라 걷는 여행<을 꾸며내고, 게다가 조지 슈타이너, 장 바우드릴라드, 라인홀드 메스너[12]를 기고자로 국제적인

<hr>

09) Jesenice : 슬로베니아의 도시. 오스트리아의 캐른튼주(州)와 국경을 접하고 있다.
　　Dravograd : 슬로베니아 북부에 위치한 도시로 오스트리아와 국경을 접한다.
　　Murska Sobota : 슬로베니아 북동부에 위치한 도시.
10) 구체적 감각 없이 타인의 마음을 감지하는 일.
11) Soca강 : 이탈리아와 국경을 접하고 있는 강으로 이탈리아에서는 Isonzo강으로도 불린다. 1991년 중반까지는 유고연방의 강이었으나 슬로베니아가 독립을 선포한 이후부터는 슬로베니아강이 되었다.
12) George Steiner(1929 ~ 2020) : 프랑스−미국 문학 평론가, 수필가, 철학자, 소설가, 교육자였

꿈꾸었던 동화의 나라와 작별

선집을 준비하겠노라고 했다. 밀란 쿤데라 같은 누군가가 2–3주 전에, 르 몽드에 공개한 ›슬로베니아의 구조(救助)‹란 포고문에서 슬로베니아를, 크로아티아와 함께, 세르비아의 ›발칸‹과 경계를 지을 때 그리고 세르비아를 맹목적으로 저 섬뜩한 ›중앙유럽‹으로 선언할 때, 참으로 슬프고 분노스러웠다. 그렇지만 한때 중앙유럽의 황제들은 슬라브의 체코어(語)를, 시인 얀 스케셀[13]이 훗날 20세기의 가장 매력적인 시작품을 창작했던 그 언어를, 여러 나라 언어가 뒤섞여 알아듣기 힘든 야만적인 말이라고 경시하지 않았던가!

아니다. 유고슬라비아 속의 슬로베니아, 그리고 유고슬라비아와 함께 슬로베니아, 너는 너의 손님에게 동쪽도 남쪽도 아니었고 하물며 발칸도 아니었다. 너는 오히려 제3의 장소 혹은 ›동경의 장소‹를 의미했고, 이름 부칠 수 없는 것을 의미했고, 그래서 동화의 현실을 의미했고, 매 걸음마다 잡을 수 있는 당신의 존재, 내가 두 눈으로 직접 체험했던 놀랍고 현실적인 당신의 존재, 바로 당신을 둘러싼 그리고 동시에 당신을 관통하는 – 당신에게 걸맞는 – 위대한 유고슬라비아의 역사성을 의미한다.

다. 그는 언어, 문학, 사회, 그리고 홀로코스트의 영향에 대해 광범위하게 썼다.

Jean Baudrillard(1929 ~ 2007) : 20세기 프랑스를 대표하는 철학자이자 사회이론가. 대중과 대중문화, 미디어와 소비사회 이론으로 유명하다. 현대인은 물건의 기능보다는 기호를 소비한다고 주장.

Reinhold Messner(1944~) : 이탈리아 남티롤 출신. 이 시대 최고의 등반가.

13) Jan Skécel(1922~1989) : 체코의 브르노 출신 시인.

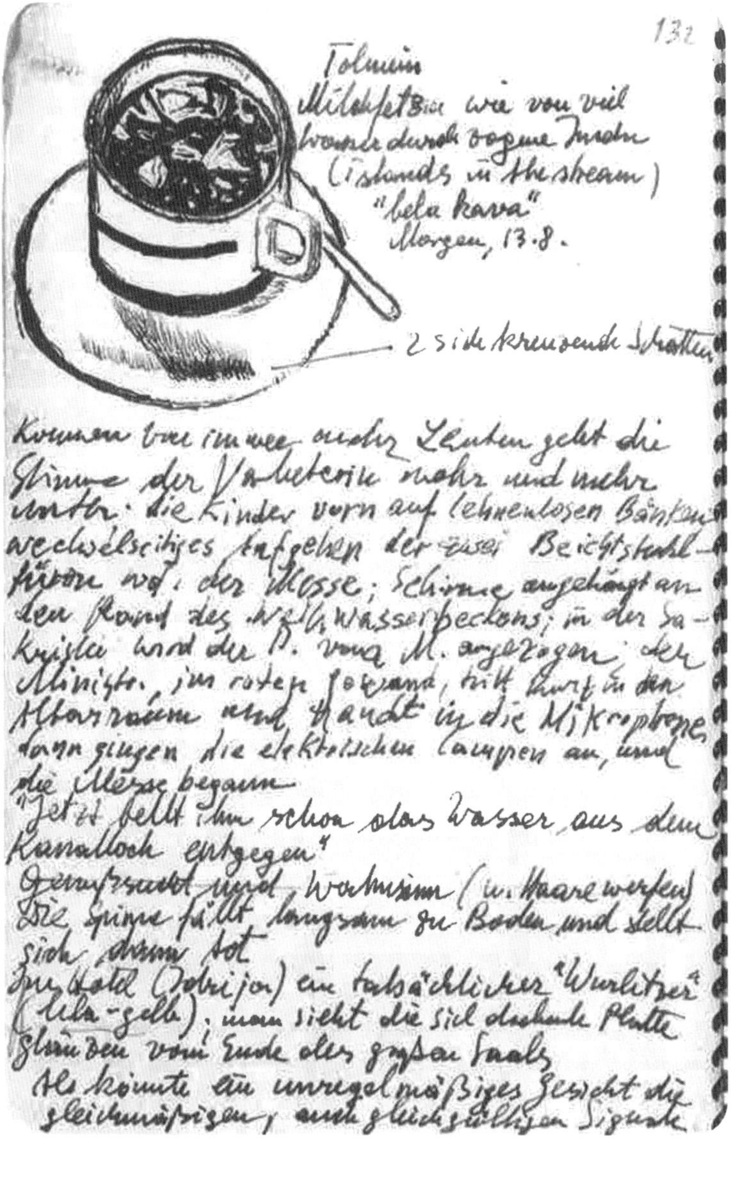

Tolmein
(islands in the stream)
"bela kava"
Morgen, 13.8.
2 sich kreuzende Schatten
die Kinder vorn auf lehnenlosen Bänken
dann gingen die elektrischen Lampen an, und
die Messe begann
"Jetzt fällt ihm schon das Wasser aus dem Kanalloch entgegen"
Die Spinne fällt langsam zu Boden und stellt sich dann tot
Als könnte ein unregelmäßiges Gesicht die gleichmäßigen, auch gleichgültigen Signale

133 der Welt eben nicht gleichmäßig auf-
nehmen, an einer Stelle zu viel, an einer an-
dern zuwenig, und so käme es zur Zer-
rissenheit und "Sendestörung" (die zu große Stirn-
fläche z. B. kriegt zu viel ab, die Wangenfläche
zu wenig, usw.)   "Hotel Nanos"
        In diesem Wirtshaussaal Idrija (13.8.)
        T. als Reliefbüste an der Wand

wohl (
woche
alleinsein
kommt s. wie
niemanden mehr
starrt nur noch
"hoch staudenher
Pflanzen ("Spalten
die sich in
Lagen in
Schlenderwinde
Er merkt an
Bewegungen
Hinstarrien
dann jähes
kommen   ihn
Nachton   der
Felswänden -spalten
das dann
Alles ... dem Brenn-punkt geraten (Er
taumelt in den Ort)
'is Dankbarkeit, gegen die bereitliegenden
Dinge (Hotel); er spricht sie auch aus
Er sucht keine Verbündeten mehr, nicht einmal
Kinder
Niemand will Hilfe von ihm

gelb
lila
ausschauen; er
"Wurzelkon-
kurrenz in
Felsspalten"
('wollschasen)
wärmeren
schattig feuchte
"zurückziehen
sich schon die
eine Irren
aufläute, und
Wegschauen; und alle Leute
dann häßlich vor
vorbeigefahrenen Autos an den
wie ein In-die-Flasche-Blasen,
sonst aufhört

das Muffige des Zimmers
136
Gramm.: "goriva": wir zwei brennen
"Milan, to ni dobro, to je zelo slabo; ti nisi priden, ti si len. Sedi!" Andrej pride k tabli in bere dobro. Učitelj ga pohvali: "Ti si priden učenec! Potem pojemo." (Dann singen wir!)
"Leitform" (Doline; nach Karren)
"Der Lichtschwerpunkt" (R.)
Die kleine Föhre auf der Karstwiese gibt mit strengem Rauschen das Gesicht von Ferne; und endlich glänzen wieder die Maisfelder im Tal
Manchmal betet er fast schon, ohne Not, unwillkürlich
"Steinbruch im Karst" (14.8.)

그리고 이제 아홉 번째 나라에 관한 원시 슬로베니아 동화는 해마다 중부유럽의 유령소문 앞에서 더욱 후퇴했다. 그와 같은 유령은 심지어 가까운 국경 너머에도 나타났고, ─ 옛날의 비엔나인들, 옛날의 스타이어인들(*오스트리아 슈타이어마르크트주(洲), Steiermarkt) 주민들. 슬로베니아와 국경을 접하고 있음) 그리고 옛 캐른트너인들(*오스트리아 캐른튼주 Kärnten 주민들. 슬로베니아와 국경을 접하고 있음)의 고상한 속셈은 말할 것도 없고 ─ 고향의 방향을 바꾸는 고삐를 끌어 당겼다.

자살에 대한 오스트리아식 어법처럼, 그들은 밧줄을 가지고 >집<을 빙글빙글 돌았다. 그래서 이런저런 이탈리아의 프리울란 사람이나 트리에스트[14] 사람들이 오스트리아 황제 프란츠 요셉의 백몇 번째 생일에 축하행사를 치르기 위해 고향으로 돌아가는 진정한 삶의 꿈을 가진 것으로 여겨졌다. (혹은 실제 오랫동안 꿈꾸었던 것에 대한 아이러니한 보상일지도?) 그렇지만 슬로베니아 국가에서 유령은 현실 속으로 끼어들었다. 그리고 그들은 유령과 함께 지역을 옮겨 다녔고, 그들은 옛날 사람들이나 또는 시골에서 포도를 재배하는 사람들이 아니라, 흔히 >명석한 머리들< , >사려 깊은 사람들< , >평화로운 사람들<이라고 불렸다. 학자들,

---

14) Triest : 이탈리아 프리올리베네치아줄리아주(州)의 주도(州都). 아드리아해(海) 북부, 슬로베니아와의 국경지대에 있는 항구도시이다. 1382년 이후 오스트리아의 지배하에 들어갔다. 1719년 자유항이 된 뒤 19세기에는 오스트리아 유일의 해항(海港)으로 발전하였으며, 제1차 세계대전 결과 1919년 이탈리아에 병합되었다.

139 gewaltigen Zementhof, und im Rücken der
gute Mond (Sežana), und die edlen Sternbilder
~~Europa~~ und "Drade" (so sah ich es) (+ mildem)
~~Cassiopeia~~.

Er erwacht geheilt, mit den Umrissen der
Sternbilder (Erlebnis der Sterne)
Mond: "Hallo, Dr.!"
Vieles hat er zu heimlich auch vor sich
selber (weg wollen eines Haarbüschels)
Der Glasschrank schüttert bei jedem Gehen im
Wohnzimmer ("sehe"), als würde eine Schottaladung
von einem Lastwagen gekippt
Er sang stumm
Solange habe ich keine Kultur, als
ich nicht FREI AUSRUFEN kann (solange
habe ich keine Kultur, als ich nicht klagen
kann: nur mich beklagen, usw.) [13.8.79]
(und solange ich mich nicht "mit eigenen Augen
überzeugt" habe; z.B. nur, daß in dem Gelände
auch ~~kein~~ angebaut wird)

시인들, 화가들이었다.

예를 들어 한 해에 한 번, 지난 십 년의 중반에, 리피차에 있는 슬로베니아 카르스트 지역에서 사람들은 주로 예술과 그에 따른 아름다운 대화를 (둥그렇게 둘러앉아서) 하기 위해 모였다. 하지만, 매년마다 돌아가면서 하는 원래의 낭독은 빠르게 수많은 형태로 분열되어 사라져 버렸다. 그런 분열 상황에선 한 편의 시를 듣기 위해 하나의 귀를 가지는 것이 불가능했다. 그리고 그런 행사의 중앙에는 거기에 맞는 유령이 자리를 잡았다. 그 마력 속에, 그 전조등 불빛 속에, 마이크가 헝가리, 폴란드, 소르비안 (아주 드물게 세르비아) 언어로 동시통역을 했다. 그런 와중에서 리투아니아, 니더작센, 프랑크푸르터, 파리, 밀라노의 집회 참여자들, 나의 슬로베니아의 작년 친구들이 말하는 방송 아나운서의 낭랑한 소리, 텔레비전 시사해설자의 급격한 움직임, 정치가들이 중요한 결정을 할 때 가지는 의미심장한 표정변화를 받아들였다. (저녁 술자리에서야 나는 그들을 개인 개인으로써 다시 알게 되었다 – 그리고 늘 그곳에 오는 것도 아니었다.)

그것은 티토[15]가 죽은 지 1~2년 후 시작되었다. 그리고 지금 나에게 생각나는 것은, 커다란 숫자가, 즉 유고슬라비아 북부 주

---

15) Josip Broz Tito(1892~1980) : 크로아티아의 쿰로베츠에서 크로아티아인 아버지와 슬로베니아인 어머니 사이에서 태어났다. 유고슬라비아의 독립운동가, 노동운동가, 공산주의 혁명가이며, 유고슬라비아 사회주의 연방 대통령(임기 1953~1980).

149 Der Fremde: das Gefühl des Verschlusses mit
der Zeit auch vor sich selber; die Stirn eine
Mauer, hinter die er nicht kommen kann, die
NICHTIGKEIT (F.-E.!); ein schweres Ding vor ... dahinter
In der Entfernung glaubt er, die Fremde Sprache
doch immer als die eigene, sogar den eigenen
Dialekt zu hören
"Heute noch kein freier Aufruf"
Er war einmal ewig gewesen (vekomaj)
Jetzt war er manchmal froh
In diesen riesigen Gärten nun die aus dem ge-
sundheitszehn ... leuchtenden Fersen der ...
rinnen

von hinten

Weiß!

N. Gorica
16.8.

... legt ... sie
... Bein auf einen Stuhl
(Weiß!?)

Stirn gegen Holz, Holz gegen Stirn; die Stirn der
Fremden öffnet sich, verschwindet, ...
"Gerecht bin ich immer erst am nächsten Tag"
Einsteigende Kinder steigen in den Bus. Das
Gefühl, sie werden an der nächsten Haltestelle
schon aussteigen (als seien sie mit dem Einstieg
... schon vertraut, er ist schon nah ihren Ort)
Er fand die Ruhe wieder in der Fortbe-
wegung); und das Gras glitt vorbei
Sein Bein fiel vom Stuhl wie ein Dreckbaten
Sie schloß vorne die Augen (als man sie
anschaute)
"Er saß doch am Tisch, als wollte er gar nichts
bestellen, sondern nur ausruhen"
Die Wartenden kriegten die traurig würdigen Gesichter
vom ... Volk

꿈꾸었던 동화의 나라와 작별

민들 대다수가, 그들 국가의 붕괴를 외부로부터 온 것으로 믿었다는 것이다.

게다가, 정보들로 화려하게, 또 허풍을 떠는 – 아무것도 모르는 »독일의 대표 주간지 슈피겔«이 그의 표지 관련기사에서 유고슬라비아를 »주민들의 감옥!«으로 부를 때, 그리고 독일의 유력 신문 »프랑크푸르터 알게마이네 차이퉁«이 이 세상 소식에 어두운 남자 선수단 중에서 경험 없는 허풍쟁이 하나를 내세워 케른튼 국경선으로부터, 독일어 사용하는 오스트리아인들은 그곳에서 슬로베니아 소수인들과 함께 늘 좋은 화합 속에서 산다고, 보도했을 때, 나중에 그것은 뻔뻔스런 난센스가 되었다. – 드라우 나라[16]에서 일어난 7년 동안의 더 끔찍한 트라비스티[17], 그리고 지속되어 온 토착민 슬로베니아 민족에 대한 언어와 정체성의 약탈행각, 범죄자 대가로서 대독일과 함께, 기껏해야 화성에서나 걸맞을 세계 신문을 날조할 수 있을 것이다.

아니, 개인적인 체험으로 보았을 때 소위 말하는 »티토 제국«의 붕괴는 어쨌든, 내가 조사했던 대로는, 분명히 슬로베니아인을 위한 것은 아니었다. 내가 들었던 것을, 나는 끊임없는 무의미한 수다로 발견했다. 이미 공산주의는 오래전의 전설일 뿐이었다. 슬

---

16) Land der Drau : 오스트리아 · 슬로베니아 · 크로아티아에 걸친 강.
17) Travestierung : 비극. 잘 알려진 시가의 형식을 풍자적으로 우스꽝스럽게 개작한 것.

로베니아에서, 즉 문화도 경제도 그 운용은 자유로웠다. 나는 최근의 서구 보도들이, 수도 류불리아나에서 »내가 준 것은 생존(das Leben)이지 자유(die Freiheit)는 아니다«라는 간판을 들고 둘러앉아 있는 영웅 유형을 설정하는 것을 보고 오직 분노와 증오를 느꼈다. 슬로베니아인들은 법 테두리 안에서 나나 너처럼 자유로웠으며, 그 법은 이미 (»우리나라(* 오스트리아)의 경우« 와 같은 예외를 가진) 독립국가의 법과 별 차이가 없었다. 직업의 자유, 거주의 자유, 쓰기와 말하기 자유. 세르비아 지도부의 부당함, 특히 알바니아계 코소보[18]의 자치권을 사실상 박탈하는 일은 그곳에서는 오래도록 발생하지 않았었다.

한 슬로베니아 지인이 나에게 그것에 대해 말해주었다, 세르비아 국회가 1년 반 전에 프리스티나[19]지역을 가지고 저질렀던 일이, »시작«이었을 것이고, 그런 이유로, 그것을 달성하기 위한 것이, 슬로베니아 국가의 설립이었다고. 그러나 스스로 계약 위반에 대해 »그것은 시작일 뿐이다«라고 국제법의 어려움을 말하는 것

---

18) albanische Kosovo : 코소보 자치권
    1974년 유고슬라비아연방 헌법, 코소보를 세르비아의 자치주로 규정.
    1989년 세르비아 대통령 밀로세비치, 코소보 자치권 폐지 및 코소보 통제를 위한 군대 파견.
    1991년 코소보 분리주의자들이 코소보 공화국을 선포.
    1996년 코소보해방군(UCK)과 세르비아군 간의 교전 지속.
    이 책은 1991년에 나왔으니까 1년 반 전이면 1989년 중반. 세르비아 대통령이 코소보 자치권을 폐지하고 통제를 위한 군대 파견을 말함. 1991년 6-7월 슬로베니아와 크로아티아가 유고연방으로부터 떨어져 독립. 1991년 코소보 분리주의자들도 세르비아로부터 떨어져 코소보 공화국을 선포한다.
19) Pristina : 코소보 공화국의 수도.

꿈꾸었던 동화의 나라와 작별

155 Zwei Libellen als "Paarungsrad"
Zerbrochene Ziegel am Boden um die alte Kirche

꿈꾸었던 동화의 나라와 작별

으로 충분하다. 그래서 나는 유고슬라비아연방 국민들이 공동으로 결정한 연방정부로부터 탈퇴를 저지르는 독단적인 투표와 견해를 본다. 그리고 인구수에 따라, 유고슬라비아연방 국가기구에서 세르비아의 우월한 세력은, 작은 슬로베니아 공화국을 여기저기서 괴롭히고 속이고 비난했지만, 어쨌든, 한 번도 제2차 세계대전 후 역사에서 작은 슬로베니아 부분 공화국에 반대해서 국가조약의 무효를 확정하거나, 스스로 역사적인 국가조약을 무효로 선언하는 것을 나는 알지 못했다. 다른 슬로베니아의 지인(知人) 한 분은 거기다 심지어 말했다. 유고슬라비아 군대에서 슬로베니아 말이 아닌 오직 세르비아 말이 >명령어<라는 것이 참을 수 없게 되어졌다고.

아니, 슬로베니아인들이 점점 더 많이 >중부유럽으로< 또는 >유럽으로< 또는 >서부로< 가며 그들의 대(大)유고슬라비아에서 멀어지고 있다는 것을 나는 오랫동안 단순한 기분으로 받아들였다. 그래서 나는 아는 사람 그러나 또 낯선 사람들로부터, 류블리아나 혹은 마리보르의 길거리나 다리 위에서, 점점 더 자주 들었고, 그리고 그때마다 이상하게 마음이 움직였다. 그곳은 강물이 변함없이 베오그라드의 도나우강으로 흘러들었고, 슬로베니아와 크로아티아인들은 남쪽 국경에 세르비아인, >보스니아인<을 상대로 >벽<을 세워야 했다. 베를린보다 더 높은 벽을 - 이 벽은 아

꿈꾸었던 동화의 나라와 작별

das steinerne
Bachbett am Wocheiner See
20. August 1380

직도 거기에 있다. - ›2층 높이로!‹ 그리고 내가 이유를 물었을 때, 그것은 나를 창피하게 만들었다. ›아래쪽 사람들은 일하지 않는다. 남쪽에 있는 그들은 게으르다. 북쪽에 있는 우리들에게서 주택들을 빼앗아 간다. 우리는 일하고 그들은 먹는다.‹ 그 가운데 약간은 이해할 수 있지만, 그러나 이런 형식으로는 아니다. 왜냐하면 더 좋은 교통과 무역 상황, 더 비옥한 땅에 관한 어떤 의식 있는 말이 나오지 않았기 때문이다. 물론, 국가 부담으로 인해 북부와 남부 사이에 불평등이 증가했다. 다른 곳에서처럼. 도대체, 모든 것을 무시하고 기초를 세운 유고슬라비아 위로 넓은 공간의 하늘과 관계를 끊는다고, 자신을 변덕스럽고 조급하고 고집 세고 거만하게 선언한다면 어떻게 그것이 동기로서 가능한가? 동기 혹은 그저 단순한 핑계인가?

왜냐하면 아무것도, 전혀 아무것도, 그때까지 슬로베니아 땅의 역사에서 국가 형성을 촉구하지는 않았다. 슬로베니아 민족은 국가 영역과 같은 그런 꿈을 갖지 못했다. 아무튼 슬로베니아 국가는 군대 장갑차와 군대 폭격기에 이르기까지, 자기 스스로, 이념의 빛을 갖지 못했다. (유고슬라비아연방은 그것을 가졌다.) 그리고 지금 폭력과 반항에서 홀로 그와 같은 이념이 자랄 수 있는가, 영구적으로 생명을 위협하는? 내가 묻고 싶은 건, 그게 가능한가? 아니, 필요한가이다. 한 나라와 한 민족을 위해서. 오늘날, 갑자기, 국가의 형성을 선언한다는 것이 (비인간적인 문장, 깃발,

공휴일, 국경 장벽도 함께), 게다가 그것이 그들 자신에게서 나온 것이 아니라 전적으로 무언가에 대한 반작용으로, 그리고 무언가 외부적인 것, 그리고 때로는 기분 나쁜 혹은 번거로운, 정말 걱정스러운 일이거나, 심지어는 하늘을 향해 소리 지르는 것이 아닌. (처음은 오스트리아인들 다음은 독일인들의 통치를 통해 경험했거나 고통을 받았지만, 마지막 국가 형성은, 유고슬라비아연방 국가에게 열정과 그의 합법성을 주었고, 그리고 지금도 계속해서 주고 있다.)

>슬로베니아 민족, 고통의 민족<, 제2차 세계대전 말까지 당연히 그렇게 불렀다. 그렇지만 그후 유고슬라비아연방이 이루어지면서 어떠한 슬로베니아 사람도 슬로베니아 국민으로 더 이상 생각해서는 안 되었다. 단순한 이기주의에서 국가건설 혹은 순수하고 그리고 이해되긴 하지만 언짢은 기분에서 형제 나라와 맞선 국가건설이 신(新)모더니즘인가? (아니, 사람들이 말하듯이 >사촌<이 아니라 실은 >형제<다.) 슬로베니아 민족은 자신에게 국가─유희를 단순히 동의하지 않았는가? ─ 순진한 민족, 미숙한 국가 ─ 그것을 위해 어떠한 증거도 존재할 수 없는, 오직 핑계만, 바로 이런 경우 특히 어리석은 표어 >작은 것이 아름답다<(smoll is beauti-ful)란 놀이의 진지함, 국가 선언, 그리고 대중화에는 열정보다는 풍족함에 더 많이 반응한다는 것을 지적하지 않는가?

blinkende Tröpfen in den Langhaaren
pinien (Perth); Bohnengärten und Wein
auf dem vorgen Terrain vor den ...
hausern, gelbe Rosen (N.6.)
Frau mit Blumenstrauß, noch unten ...
hölt einen Hasen an den Läufen,
der Vogel ...
...
... hentert ...
Schon stehen die Leitern in den Obstbäu-
men (→ Herbst, gesen)
Lehrer: die Kinder stark sein lassen
wie ich gerade den Kirchturm von
Brank (stark die Kinder sein lassen)
Tomaj: die beiden Kinder vor der
Kirche
Bauernhof: die Arbeitsgeräte im
Weinblattschatten
die zwei Säulen am Aufgang (Stein-
treppe) zur Kirche
der tiefe offene Brunnen
Und endlich kann ich auch grüßen
("Dober dan" – Illi Hay; gerade, als
ich das Wort schrieb, ertönte die
Glocken); die große dunkle Glocke im
hellen Kirchturm vor dem tiefen
Himmelsblau, schwingend mit

꿈꾸었던 동화의 나라와 작별

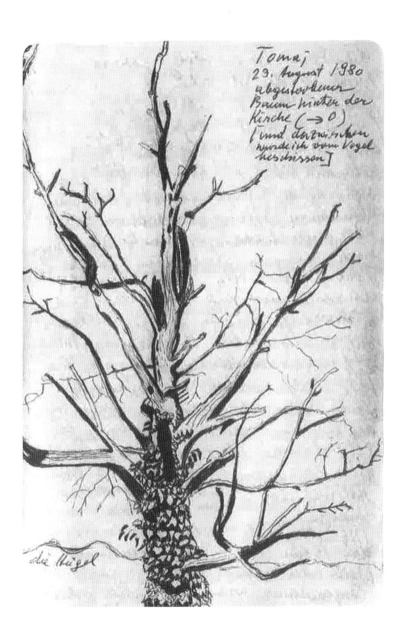

그와 반대로 나는 유고슬라비아연방이, 적어도 티토가 죽은 지 1~2년간 통치되고 지속되는 것을 여행길에서 다시금 보았다. 그리고 성취했던 이데올로기(이념), 즉 티토주의, 게릴라주의 혹은 노병(老兵)주의 같은 이데올로기는 더 이상 없었다. 그것은 특히 다양한 민족들에게서 발휘되는 젊은이들의 열광 때문이었다. 가장 눈에 띄는 것은 그들은 어느 나라에서든 서로 만난다는 것이다. 그리고 그 공통점은 축제 손님에게 강제적인 줄서기나 공모자들의 모임이나 어느 고아원의 무도회처럼 나타나지 않았다. 공통점은 당연히 »자명하게«, 온갖 방향으로 작용했다. 그 모든 모임들은 폐회식을 가졌고, 그 다음에 이어지는 해산에서, 독자적인 방식으로 마무리를 했다. 그 당시 나는 슬로베니아, 세르비아, 크로아티아, 마케도니아, 헤르체고비나 학생들, 노동자들, 운동선수들, 무용가들, 가수들, 예술애호가들의 젊음을 – 나는 각자를 전체로 보았다 – 진심으로 부러워했고, 그리고 유고연방은 나에게 유럽에서 가장 현실적인 나라를 의미했다. 역사로 본다면 짧은 삽화적인 사건(Episode)이었다. 그러나 나는 그때 그들이 공동으로 추구했던 것을, 비록 그들이 지금은 개별적으로, 각 경계선 뒤에 배치되어 있더라도, 그 어느 것도 나에게도, 너에게도, 비현실적이고, 효력이 없고 무가치하다고 생각할 수는 없었다.

그렇다, 유고슬라비아의 새로운 국경들. 나는 그것이 밖에서 보는 것이 아니라, 현재 각각의 개별국가의 내부로 확대되고 있

꿈꾸었던 동화의 나라와 작별

음을 본다. 비현실의 거리나 구역으로 확대되고 그리고 슬로베니
아나 크로아티아 같은 그런 나라가 없어질 때까지 중앙으로 성장
하는 것을 본다. 몬테카를로[20]나 안도라[21] 같은 나라의 경우처럼.
그래, 나는 두렵다. 어느 날 >슬로베니아 공화국<에서 더 이상 국
가를 느낄 수 없게 될 것이, 안도라에서처럼. 안도라는 피레네엔
산맥에 교차로 상업도로가 나있는 여전히 넓은 마지막 구간이고,
– 뉴욕의 맨해튼[22]처럼 같은 간격으로 촘촘하게 파크 애비뉴나
파이프 애비뉴로 연장되면서 산악지역이 콘크리트 빌딩으로 바
뀌어 상품들의 거리 그리고 은행들의 거리가 펼쳐진다. – 그리고
이미 오래전부터 나라, 지역, 공간, 장소와 현실의 취향은 사라져
버렸다. 문화의 흔적 대신 오래전부터 영혼이 없는 민속학의 쓸데
없는 수다만 남아있다.

물론 여기저기서 슬로베니아 국가는 완전히 다른 새로운 유고
슬라비아로 가는 길에서 단지 하나의 발전단계라고 이야기되어진
다. 그러나 나라에서 >독립<이나 >자유<라는 이름 아래 순환되는

---

20) Monte Carlo : 모나코를 구성하는 행정구역 가운데 하나이다. 종종 모나코의 수도로 오해되기
도 한다. 도시 국가인 모나코의 수도는 모나코 영토 전체이다. 지중해 연안의 리비에라 해안에
위치하고 있는 몬테카를로는 프랑스가 그 주변을 둘러싸고 있으며, 이탈리아와도 매우 가깝다.
거주 인구는 약 3,000명으로, 카지노와 도박장으로 유명하다.

21) Andorra : 유럽의 카탈루냐와 프랑스 사이에 있는 공국이다. 제주도 1/4 크기의 작은 나라이
며 프랑스 대통령과 스페인 카탈루냐 지방의 교구인 우르젤의 주교가 공동영주로서 지배하
는 나라이다. 나라 전체가 피레네 산맥에 위치하고 있을 정도로 나라 전체의 평균 고도가 거의
2000m에 달한다.

22) Manhattan : 뉴욕에 있는 자치구로 5개 자치구 가운데 가장 작으나 시의 중심부이자 세계의 상
업·금융·문화의 중심지를 이룬다.

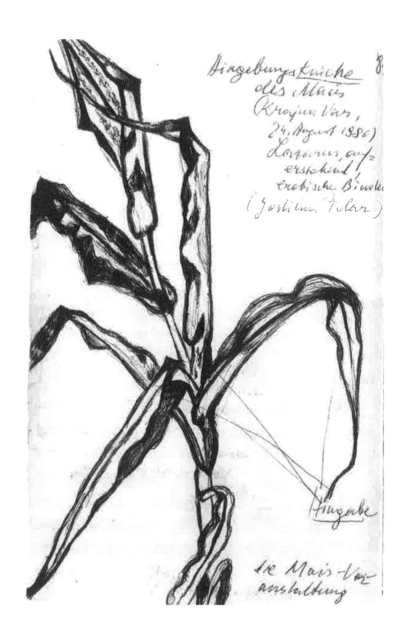

꿈꾸었던 동화의 나라와 작별

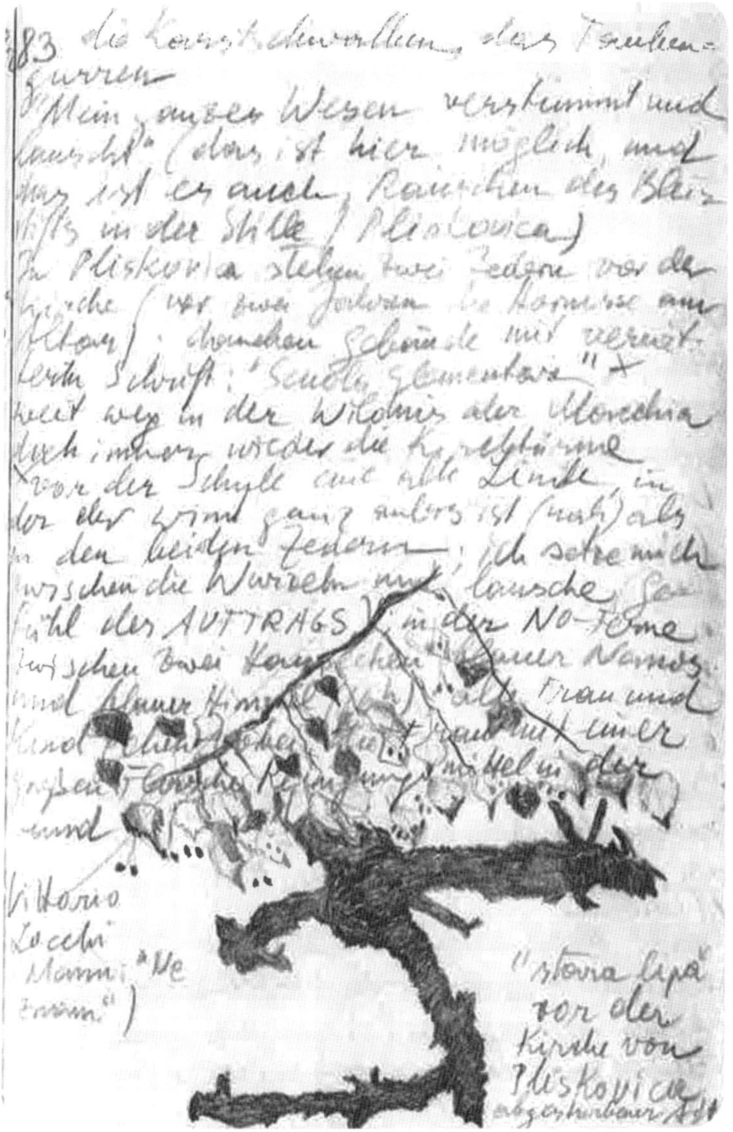

사실을 다시 역행시킨 것은 무엇인가? 사실, 두 가지 요인을 들 수 있다. 하나는 탱크와 폭탄이다 – 슬로베니아 사람들의 생각에서 결코 사라지지 않은, 특히 1991년의 소년들에게서 – , 그리고 또 하나는 슬로베니아 국경 수비대의 행동이다. 그들 중 엄청나게 많은 사람들이 그들의 의사와는 달리 갑작스럽게 전쟁놀이를 하지 않으면 안 되었던 동료들이다. (혹은 좀 더 젊었을까?) 그들이 순식간에 시체가 되는 것을 나는 사진들에서 본다. 양편에서 서로 죽은 자들의 숫자가 다르게 발표될 뿐만 아니라, 포위된 국경초소에서 흰색 깃발을 들고 나오는 연방군 병사가, 눈에 띄지 않는 자들에 의해 혹은 어느 향토방위군의 발사에 의해 즉석에서 총을 맞는 사진이, 그리고 아주 요란하게 〉첫 번째 죽은 자, 18세의 마케도니아인〈을 이야기하는 오스트리아 일간신문이 그와 함께 발간되었다. – 또 드러나는 암살의 표정과 함께, 격노한 살해 현장을 눈으로 보았던 이런 것들을 어떻게 잊을 수 있을까? 제2차 세계대전 당시 소위 말하는 〉역사 저주〈에서 탈출했던 유고슬라비아가 이제 특별한 저주를 받은 걸까?

한 가닥의 희망, 동시에 웃음 – 그래서 희망과 웃음은 이 경우 마치 하나가 되는 것 같았다 – 내가 얼마 전 슬로베니아인 동료와 함께 파리에서 길을 걸을 때, 그는 그곳에서, 비록 자기 나라의 변혁을 슬프게 동의했지만, 그가 군대 시절에서 알게 되었던 세르비아의 지휘어(語)를 나에게 슬로베니아어로 중계해 줄려고 했다. 그러나 그것은 이루어지지 않았다. 첫 번 세르비아 말투에선 유창하고 분명하게 나팔 같은 소리, 삐걱삐걱 소리, 쉬쉬 소리, 회초리로 몰아대는 소리, 퉁겨 날리는 소리가 났는데, 그의 모국어의 리듬에는 없는 것이었고, 그런 음—생성에 저항해서, 본능적으로, 마치 카프카의 작품에서 소년들이 »바람 아래서« 달려가는 것처럼, 몸을 구부리고 열정과는 멀리 떨어져, 모든 음절과 함께 행진을 벗어났고, 연주도 벗어났고, 곡조도 엉망이 되어, 나의 동료는 그의 슬로베니아식 명령시도를 마침내 야유된—운명에 맡긴 채 중단했다.

그는 옛날에도 똑같은 희색머리의 슬로베니아 소년이었다. 그는 2주 전 고향 비파바 계곡에서, 한 손에 그의 열 살짜리 여자조카의 손을 잡고, 성스러운 산 나노스 위에서 끊임없는 폭탄 소리를 들은 사실을 신고하는 증인으로서, 나에게 이야기했다: »지금까지의 슬로베니아 역사에서 변함없이 존재했던 것은 어머니였다. 우리들의 아버지는 언제나 잠들어 있었다. 산 내부에서, 너는 이미 알고 있다. 기껏해야 몽유병자처럼 잠깐 나타날까. 어제는 여기, 내일은 저기에. 너는 이미 알고 있다. 동화 나라의 왕을, 그리고 곧 다시 사라져 버린다. 이제 아버지가 깨어 나셨다.« 그리고 나의 동료는 웃기 시작했다. 그리고 계속 웃었다. 제네랄 레

꿈꾸었던 동화의 나라와 작별

클레르 애비뉴[23]에서 집으로 가는 동안 내내. 점점 작아지는 것은 슬로베니아 소년, 점점 많아지는 것은 그곳에 흔한 요정: ≫그러나 그것이 항상 그곳 소년들의 소망이었을까?≪

---

23) Avenue du General Leclerc : 파리의 도로명

II

도나우강, 사베강, 모리나강,
드리나강으로 겨울여행
혹은 세르비아의 정당성

한트케는 그의 부인 소피 세민 그리고 두 사람의 여행 동반자 차르코. 즐라트코와 함께 1995년 10월 말에서 약 4주에 걸쳐 자동차로 세르비아 수도 베오그라드를 기점으로 세르비아를 여행했다. 여행을 하면서 문학적 수단과 자신의 경험을 바탕으로 국가와 분쟁에 대한 그의 입장을 말하고 있다. 또 나라, 풍경, 사람들에 대한 그의 인상을 서술하고 있다.

텍스트의 출판은 논쟁을 불러 일으켰다. 프랑스와 독일의 주요 신문은 저자를 이데올로기적으로 위장한 세르비아인 친구로 분류하고 스레브레니차(Srebrenica) 학살을 부인했다고 암묵적으로 비난하고 있다. 이것은 보스니아—헤르체고비나의 스레브레니차 지역에 살고 있던 보스니아인들이 스릅스카 공화국 군대에 의해 인종 청소의 일환으로 학살당한 사건이다.

"아, 나는 기억합니다. 그 당시 나는 가난한 요릭에게 편지를 썼습니다. 어머니는 이 요릭이 누군지 물어 보며 하루 종일 동네를 돌아 다녔습니다. 아무튼, 전쟁 전에는 그렇게 살았습니다."

"300만 명을 죽이는 게 우리와 무슨 상관이야. 하늘은 어디에서나 똑같고 푸르다. 너무 파랗다. 죽음이 다시 왔지만 그후에 자유가 올 것이다. 우리는 자유롭고 재미있을 것이다."

"첫 눈이 내렸고, 우리는 서로를 더 잘 알게 되었다."
1921년 차르노예비치(Carnojevic)에 관한 밀로스 크렌잔스키(Milos Crnjanski)의 일기.

("Ach, ich erinnere mich: damals unterschrieb ich Briefe mit Poor Yorick, und meine Mutter ging den ganzen Tag in der Nachbarschaft umher und fragte, wer denn dieser Yorick sei. Eh, so lebte man vor dem Krieg."

"Was macht es uns aus, drei Millionen Menschen zu töten. Der Himmel ist überall der gleiche und blau, so blau. Der Tod ist noch einmal gekommen, aber nach ihm wird die Freiheit kommen. Wir werden frei und komisch sein."

"Als der erste Schnee fiel, lernten wir uns besser kennen."
Milos Crnjanski Tagebuch über Carnojevic, 1921.)

*밀로스 크렌잔스키(1893~1977) : 세르비아 시인, 작가, 저널리스트, 외교관

1

여행 전에

───────

이미 오래전에, 거의 4년 전에 크로아티아 동부에 있는 도시 오스트슬라보니엔과 부코바르에서 전쟁이 끝나고 도시가 파괴된 이후, 그리고 보스니아-헤르체고비나에서 전쟁이 발발한 이후, 나는 세르비아에 갈 계획을 가졌다. 나는 그 나라에 관해서 유일하게 수도 베오그라드를 알고 있었는데, 그곳에 나는 30년 전[01]에 무언극의 저자로 어떤 연극 페스티발에 초대를 받았던 적이 있었다. 그때 나는 하루 반을 무언극의 공연을 관람하게 되었는데, 끊임없이 떠들어대는 주변의 세르비아 관중에게서 청소년다운 혹은 작가다운 불쾌감을 가졌었는데, 그 관중은 당시 내 생각으로는

───────

01) 1966년 첫 소설 『말벌들』과 『관객모독과 다른 언어극』들이 출판된 해.

남부지역 혹은 발칸지역 사람들로 무대 위의 지속적인 침묵에 교양 있게 행동할 수는 없었다. 베오그라드 하면 그 당시 나에게 남아있는 생각은 도시 양쪽에서 흘러와 아래쪽 평야에서 합류하는 사베강과 도나우강의 완만한 내리받이 이외에는 아는 것이 없었다. 두 강에 관해서는 아무런 특별한 인상도 없었고, 지평은 »전형적인 공산주의«의 높은 블록에 의해 막혀 있었다. 최근 세르비아의 수도에, 이전에는 유고슬라비아 수도에 두 번째로 머물렀을 때, 보리수의 낙엽이 떨어져 흩어져 있는 골목길을 걸어가다 우연히 »작가의 집«을 지나가게 되었다. 이 집은 내가 옛날에 왔을 때 대접을 받았던 곳이다. 게다가 당시에는 젊은 작가였던 미오드라그 불라토비치를 만나 나의 청소년다운 작가태도에서 유럽 전역에서 유명했던, 또 내가 열광적으로 읽었던 그의 »붉은 수탉이 하늘을 향해 날아간다«라는 작품을 아주 친근하게 놀렸던 생각이 떠올랐다. (그는 몇 년 전 유고슬라비아 전쟁 중에 죽었다. 베오그라드에서 들은 이야기에 따르면, 그는 모든 사람을 익살스럽게 대했고 동시에 항상 남을 돕고자 했다. 국외에서는 그에 대한 사망 기사가 없었다.)

소위 »침략자«의 땅인 세르비아에 가고 싶었던 것은 무엇보다도 전쟁 때문이었다. 그리고 단순히 그 나라를 보도록 나를 유혹한 것은 유고연방의 모든 국가 중 나에게 가장 잘 알려지지 않은 나라였고, 동시에 그것에 대한 보고서와 의견으로 인해 가장 매력적이며, 이상한 소문과 함께 가장 흥미를 끌었다. 지난 4년 동안의 거의 모든 사진과 보고서는 전선이나 국경의 한쪽에서 나왔고, 그 사이에 다른 쪽에서 나온다면 시간이 지남에 따라 잘 연습된 측면을 반영하는 것처럼 보였다. 우리가 직접 본 것을 반사한 것이거나, 적어도 목격자로서는 아니다. 그것은 나를 거울 뒤로 밀어 넣었다. 그것은 모든 기사, 모든 댓글, 모든 분석이 잘 알려지지 않았고 탐색할 가치가 더 많거나 볼 가치가 더 많은 세르비아로 여행하라고 나를 촉구했다. 그리고 누군가가 이렇게 말한다. 〉아하, 친세르비안!〈 또는 〉아하, 유고 옹호자!〈 후자는 독일의 주간 시사 잡지 슈피겔의 단어 (단어?) 다. 그 단어는 여기서 더 읽을 필요가 없다.

지난 몇 년 동안 이미 축소된 유고슬라비아의 세르비아와 몬테네그로, 현지 명칭은 츠르나 고라[02]에서 이런저런 초대가 있었다. 그러나 나는 그곳에서 누군가를 공개적으로, 비록 비(非)공개적이라 할지라도 만나는 것을 피하고 싶었다. 나는 대도시 베오그라드나 티토그라드[*현재 포드고리차 : 몬테네그로의 수도]뿐만 아니라 작은 도시들과 마을들에서 그리고 때로는 멀리 떨어진 모든 정착지에서 외국인이나 여행자가 아니라, 어떤 통행인으로 다닌다고 생

---

02) Republika Crna Gora. 1992년 유고연방이 해체된 이후 잔류한 몬테네그로(츠르나고라)는 세르비아와 합방하여 연방결성을 선언한다. 이 나라를 신(新)유고슬라비아연방 또는 신(新)유고연방이라 부른다. 2003년 2월에 이 연방이 개명되어 세르비아 몬테네그로가 되었다가 2006년 6월 몬테네그로가 연방에서 분리되어 세르비아와 몬테네그로로 다시 나뉘었다.

꿈꾸었던 동화의 나라와 작별

각했다. 하지만 지역 가이드, 동반자, 통역사 같은 사람은 필요했다. 왜냐면 평범한 여행이 아니기 때문이다. 30여 년 전 어느 여름에 아드리아해(海)의 크르크 섬에 휴가 갔을 때, 허점이 많은 슬로베니아어(語)와 몇 개의 세르보-크로아티아어(語) 기억의 흔적을 가지고는 만족할 수가 없었기 때문이다. (반면에 낯선 키릴 문자는 문제가 되지 않았다. 종종 짐작으로 그 뜻을 해독했는데, 내 의도와 잘 맞아떨어졌다.)

나는 오랫동안 사귄 세르비아 출신 친구가 두 명 있었는데 둘 다 상당히 젊은 나이에 나라를 떠났다가 전쟁 중에 어느 정도 차이를 두고 집으로 돌아왔다. 부모 또는 과부가 된 어머니를 방문하거나 또는 조기에 떠나버린 세르비아 애인을 포함해서 합법적이거나 불법적인 이런저런 자녀들을 방문했다. 그 중 한 사람은 나의 몇 작품을 세르비아어로 번역해 준 차르코 라다코비치(Zarko Radakovic)이다. 그리고 》그의 시간에《 란 뜻을 가진 『à ses heures』란 프랑스어 작품을 직접 쓰기도 했다. 물론 임금을 받는 직업으로는, 베오그라드에서 공부한 다음 튀빙겐에서 오랫동안 공부한 후, 발칸반도를 향한 》도이취 벨레《(Deutsche Welle)의 라디오 방송국에서 독일어 신문기사의 번역가 겸 연사로 일했다. 심지어 그곳에서도 세르비아인으로서의 존재와 그에 반대되는 이야기를 해야 하는 경우가 드물지 않았다. (예를 들어, 프랑크푸르터 알게마이네 차이퉁은 친세르비아 경향을 조금이라도 비난하지 않는 경우는 한 번도 없었다.) 반면에 충실한 번역가도 때로는 거부하는 목소리를 내기도 했다. 그러한 존재감은 전쟁이 시작된 이래로 내 친구에게 닥친 침묵의 원인일 수도 있다. 적뿐만 아니라 친구에게도 그리고 나에게도 마찬가지였다. 그는 계속해서 이것저것을 번역했고, 전쟁에도 불구하고 베오그라드, 니스 또는 노비사드에서 책으로 출판하기도 했다. 하지만 나는 그에 대해 듣지 못했다. - 차르코 라다코비치는 살아 있었고, 번역하고 있었고, 스스로 선택한 위장 속에서 저술도 하고 있었다. 지금 나는 그가 있는 곳을 알아내기 위해 그의 마지막 동료로 멀리 미국 유타주에 사는 모르몬 교인에게 의지해야 했다. 그리고 모르몬 교인이 다리를 놔준 간접 경로에 따라, 세르비아인과 나는(오스트리아인) 쉽게 다시 서로를 연락할 수 있었다. 쾰른에서 전화 - 예, 11월 초 베오그라드에서 만납시다. ≫나는 어쨌든 어머니를 방문해야 합니다≪ - 그리고 일주일쯤 지난 다음 보스니아 국경에서 갖게 된 공동 여행 계획에서, 그는 ≫어쨌든≪ 국경 드리나(Drina) 강변의 작은 마을에 사는 그의 전 여자 친구와 이제 거의 18살이 된 딸과 약속을 잡았다.

나는 잘츠부르크에서 보낸 10년 동안 그를 통해 그의 나라와 국민에게 더 가까워지고 싶었던 또 다른 세르비아 친구를 알고 있었다. 그의 이름은 즐라트코(Zlatko B.)라고 하는데, 마을 밖으로 이어지는 샬모서 대로(大路)에 있는 식당의 단골이었다. 이곳은 나도

꿈꾸었던 동화의 나라와 작별

자주 들리는 곳이었다. 이 기간 동안 시끄러운 구식(舊式) 주크박스 그리고 언제나 똑같이 크리던스 클리어워터 리바이벌[03]의 노래, Have You Ever Seen The Rain?(비를 본 적이 있나요?), Looking Out The Back Door(뒷문을 내다보며), Lodi(로디) 등이 울려 퍼지는 곳이었다. 츨라트코는 처음에 그곳에서 트럼프놀이를 했는데, 액수가 큰 놀이였다. 오스트란트의 농장에서 어린 시절을 보낸 후 베오그라드의 사무기계 견습생과 유고슬라비아의 여러 구역에서 매우 긴 군대 복무를 한 후 돈을 벌기 위해 세르비아를 떠나 오스트리아로 왔다. 그는 잘츠부르크 교외에서 세탁소 일을 했는데 성공하지는 못했다. 그리고 가끔 여행사에서 보조일꾼이자 심부름꾼으로, 또 »미르잠의 펍(선술집)«에서 프로선수로 시작을 했지만, 혼자 힘으로는, 장소를 바꾸어가며 유럽에서 숙달된 프로선수들을 상대로, 장기적으로는 기회가 없었다. (그때부터 그에 대해 특히 기억나는 것은 그가 게임에서 패배 한 후 보이지 않는 하늘을 바라보는 모습이 드물지 않았다는 것이다.) 그후 그는 말하자면, 일관되게 정직하고 평범한 임시 고용노동자가 되었고, 항상 신속하고 능력 있고 편안했으며, 기회가 되면 거의 주문만을 받는 이상한 장르 장면의 화가로도 활동했다. 다채로움과는 거리가 먼 그리고 한때 판매량이 많았던, 자신의 고유한 상상력이

---

03) Creedence—Clearwater—Revival = CCR. 1960년대에 탄생한 미국의 록밴드.

아닌 세르비아의 소박함을 그린 장면들이었다. – 예를 들자면 19
세기 슬로베니아 벌집 그림이나 (블레드 호수 근처의 사랑스러운
라도블지카(Radovljica) 박물관에서 볼 수 있다.) 또는 그루지야 벽화
화가 니코 피로스마니(Niko Pirosmani, 1862-1918)의 여관집 간판을 연
상시키는 장면이다.

차르코와 마찬가지로 즐라트코도 유고슬라비아 전쟁이 발발한
이후 잘츠부르크에서 시골로 거처를 옮겼고, 공식적으로 그의 세
르비아 이름을 독일어 풍으로 들리는 이름으로 바꾸고 삭제했다.
– 그 이름은 그가 존경했던 17세기 네덜란드의 작은 장면 화가인
아드리앙 브루워[04]였다. 아드리앙으로 이름을 바꾼 즐라트코 역
시, 나의 세르비아 여행 제안에 그 자리에서 동의했다. 우리는 중
부 세르비아의 모라봐강 근처에 있는 포로딘 마을에서 포도를 재
배하는 그의 부모를 방문할 것이다. 11월 이전에야 포도원에서
아름다운 가을과 포도를 맛볼 수 있다. 그는 세르비아 고향에서
도난당할 것이 염려스러워 자신의 차를 가지고 오는 것을 꺼렸다.

1995년 10월 말에 우리는 세 가지 방향에서 베오그라드로 향
하는 걸 생각했다. 하나는[*잘츠부르크 교외에 사는 친구 즐라트코] 잘츠부
르크를 출발해서 오스트리아와 헝가리를 거쳐 (결국은 그의 차를
타고) 가는 방법, 다른 하나는[*쾰른에 사는 친구 차르코] 쾰른에서, 루

---

04) Adrian Brouwer(1605~1638) : 술집이나 시골 환경에서 음주, 흡연, 카드 또는 주사위 장면을
그린 화가.

프트한자 비행기를 타고 가는 방법, 세 번째는[*한트케와 그의 부인 소피 세민] 파리 교외에서, 버스로 로트링겐과 스위스를 거쳐. 취리히에서 스위스 비행기로 세민과 함께 가는 방법이었다. 그래서 이번 여행은 내 인생에서 혼자 가지 않은 여행 중 하나가 되었다. 그리고 거의 항상 그 모임과 같이 해야 했던 첫 번째 여행이었다.

나는 세르비아 여행을 위해 특별히 잘 준비하지는 못했다. 세민과 나는 심지어 비자 받는 것을 소홀히 했다. 1970년부터 1990년까지 내 머릿속에 있는 광대한 유고슬라비아는 전쟁 없이 어디서나 자유롭게 접근할 수 있었다. 그런데 이제 나는 파리에 있는 관할당국, 즉 더 이상 〉대사관〈이 아닌 비상 기관에서, 여행의 이유를 말해야 했다 – 여행의 이유로 적합한 말은 〉관광〈인데, 그곳 직원은 내 말을 믿을 수 없는 것으로, (전쟁 발발 이후 내가 처음인가?) 또는 불충분한 것으로 바라보았다. 다행히 세르비아의 국제적인 여류대표 한 분이 다행히 뒷방에서 나타났는데, 마침내 내가 더는 설명할 필요가 없게 되었다. 그리고 이분은 우리가 그녀의 나라에서 사회를 어지럽게 할 그런 일은 조금도 하지 않을 것이라고 보증까지 해주었다. (그러나 무엇이 그분의 나라일까? 그녀는 영원히 크로아티아 국가에 속한 크라지나 사람이었다.)

출발 전날 나는 베르사유 영화관에서 에밀 쿠스투리차[05]의 영화 ⟩언더그라운드⟨(Underground)를 보았다. 나는 사라예보의 보스니아인이 제작한 ⟩집시의 시간⟨(Die Zeit der Gigeuner)과 ⟩애리조나 드림⟨(Arizona Dream) 같은 이전 영화들을, 한편으로 그들의 자유롭게 떠돌고, 자유롭게 날아다니는 상상력이, 이미지 및 시퀀스[06]와 대단히 밀접하게 연결되고 균형을 유지하는 것을 보고, 종종 동양식 장식[07]으로 여기면서 감탄했다. (그것은 좁게 축소되는 것과 반대일 수도 있다.) 그리고 다른 한편으로 이 이미지 비행에서 지구, 땅 또는 심지어 세계와의 연결이 아쉬웠기 때문에 모든 상상력은 곧 눈 깜짝할 사이에 환상이 되었다. 그리고 감탄보다 나는 항상 감동된 상태를 끌어내거나 아니면 거의 감동된 상태를 내 안에서 강력하게 추적하거나, 정지하거나, 지속했다.

그러나 ⟩언더그라운드⟨를 보고 나는 처음으로 쿠스투리차의 영화에 (거의) 감동했다. 결국, 단순한 이야기 기술이 이야기의 무게가 되었다. 다시 말해 꿈을 꾸는 재능, 강력한 재능이 세계와

---

05) Emir Kusturica(1954~) : 이 영화로 1995년(41세) 칸 영화제에서 황금 종려상을 수상했으나, 친(親)세르비아적 태도를 보였다는 격렬한 논쟁에 휩싸인다. 1992년, 보스니아─헤르체고비나가 유고슬라비아연방으로부터의 독립을 선언하자 스릅스카 지역을 기반으로 한 세르비아인들이 분리·독립에 반대하면서 스릅스카 공화국의 유고슬라비아연방 잔류를 선언하고, 유고슬라비아연방의 지원을 받아 보스니아인들을 공격하면서 보스니아 내전이 발생한다. 에밀 쿠스투리차는 1992년까지 유고연방의 국민이었으나, 유고연방이 붕괴된 후 세르비아의 국민이다. 정교의 세르비아계 민족은 이슬람교를 신봉하는 알바니아계를 학살한다. 이것이 92~95년도에 있었던 유고 내전(內戰)이다. 영화의 모티브는 바로 이 전쟁이다. 끔찍한 상황을 춤과 노래로 표현하며, 잔혹한 현실을 과장된 행동과 표현으로 우스꽝스럽게 재현하고 있다.

06) 연속적으로 나타나는 장면으로 구성된 하나의 국면 또는 삽화.

07) 기하학적 모티브나 식물 모티브로 조각되거나 또는 그려진 장식.

꿈꾸었던 동화의 나라와 작별

역사의 구체적인 부분, 즉 젊은 쿠스투리차의 고향이었던 구(舊)유
고연방과 연결이 되고 있었다. 그리고 마지막 장면에서, 내전이
한창일 때, 베오그라드의 다뉴브강에서 옛날에 실종된 그의 아들
을, 수년 동안 필사적으로 찾고 있었던, 영화배우 중 한 명이, 전
선의 연기 속을 실종된 아이를 찾는 고함 소리와 호출 명령 사이
를 달려가고 있을 때, 그것은 예를 들어 막스 형제[08]의 무게와 상
충되는 셰익스피어의 무게는 아니었다. 〉불이라고!〈? 영화 〉언더
그라운드〈를 비난하며 쓴 평론이 나에게는 너무나 어리석고 악의
적으로 느껴졌다. 칸에서 상영된 이후, 새로운 프랑스 철학자 중
한 명인 알랭 핀키엘크라우트(Alain Finkielkraut)는 전쟁이 발발한 이
래 크로아티아 국가를 찬양하는 이해할 수 없는 수다를 떨 뿐만
아니라, 쿠스투리차의 영화는 직접 보지도 않은 채 〉르 몽드〈에
테러리즘이라느니, 친(親)세르비아 선전이라느니 하면서 비난하고
있다. 불과 며칠 전, 또 다른 프랑스 철학자 안드레 그룩스만(André
Glucksmann, 1937~2015)은 그가 쿠스투리차의 영화를 보았다면서, 독
일인들이 자신들의 역사적 악행에서 아무것도 배운 것이 없는 것
과는 다르게, 테러하는 세르비아 공산주의와 결산을 축하한다고,
〉리베라시옹〈에 기괴한 방식으로 공격을 했다. - 누가 이런 것을

---

08) Marx Brothers는 미국의 희극영화배우 치코(Chico), 하포(Harpo), 그루초(Groucho), 제포(Zeppo)
4형제. 1930년대 후반부터는 제포를 뺀 3형제가 슬랩스틱 코미디(slapstick comedy)에서 활약
하였다. 슬랩스틱 코미디는 법석을 떨며 웃기는 희극을 뜻한다.

영화 >언더그라운드<에서 본다면, 그가 본 것은 대체 무엇일까? 그는 도대체 무엇을 보았을까? 그리고 독일에서 발간되는 >디 차이트<에서 어떤 비평가는, 영화가 밝은 부분이 많은 것은 좋았지만 쿠스투리차에게서 분노, 혐오, 심지어 >복수<를 발견했다고 한다. 그런 것은 아니다. >언더그라운드<는 등장해서, 만들어지고, 존재하고, 작동한다. 나는 오직 슬픔과 고통과 강한 사랑에서 그것을 본다. 그리고 그의 조잡함과 큰소리조차도 그 일부이다. ─ 마지막으로 이 모든 것을 합치면 밝은 시야를, 때로는 심지어 또 다른 유고슬라비아 역사의 밝은 예언을 만들어 내거나 또는 자연발생적인 동화 같은 것을 만들어 낼 수 있다고 본다. 대륙에서 멀리 떨어진 섬에서 축제의 끝을 본다. 그곳에선 영화 속의 바보 같은 인물이 갑자기 당황하지 않고, 이상하게도 천진하고 분명하며 아주 부드럽게 권위를 유지하고 있다. 마치 동화작가가 그의 청중에게 >옛날 옛적에 나라가 있었다. ... 라고 말하는 것처럼.< (불행히도 그의 동화는 영화에서 너무 짧았다.)

물론 지금까지 쿠스투리차의 영화를 상대로 읽을 수 있었던 것 중 제일 짜증나는 건 내가 좋아하는 신문들 중 하나인 르 몽드에 등장했다. 이 신문은 이전과 비슷하게 진지하고 뚜렷한 모습으로 몇 년 동안 발행되었다. 사진은 거의 없었고, 조밀하게 자리 잡은 관공서문체와 유사한 간격을 가진 ─ 몇 년 동안 예외적인 경우를 제외하고는 ─ 종종 지나치게 양심적인 주요 부분과는 멀리 떨어

꿈꾸었던 동화의 나라와 작별

져 은밀하고 선동적인 염탐꾼 신문이 되었다. 예를 들어, 그 당시 미테랑 대통령의 질병과 관련하여 1년간 정보-유예를 구실로 시의적절하지만 동시대적인 것이 아닌 죽음의 성욕이란 기사가 나란히 실렸다. 신문은 그의 주제를, 더욱이 무엇이 더 좋은 또는 더 품위 있는 것인지 서술하지 않고, 주제를 환기하지도 않고, 그냥 주물러서 대상으로 만들어 버린다. 새로운 관점의 전형적인 예는 이전 르 몽드에서는 상상할 수 없었는데, 사람들이 처음부터 외모로 특징지어지는 방식이다. 일반적으로 미국의 여류 예술 사진작가를 »매혹적이고 폭이 넓은 40대«라는 제목 칼럼에서처럼 (또는 그와 비슷하게) – 마치 신문의 이미지에 대한 외견상 절제가 완전히 다른 이미지와 단어 이미지를 만들어 냈고, 확실히 진지하지 않게 받아들여진다.

핀키엘크라우트의 파렴치한 언행을 보면, 르 몽드의 편집진이, 에밀 쿠스트리차와 그의 친(親)세르비아 또는 유고성향 열성을 함께 끝장낼 때가 됐다는데 동의해서, »언더그라운드«에 관해, 주요 영화 평론가의 유연하지 않고, 속이 뻔히 들여다보이는, 가끔은 영리하고 정교하게 다듬어진 평론으로, 영화를 왜곡된 논리로, 즉 자신과 어울리는 형식으로만 보고 비난한다는 생각이 든다. 바로 같은 문화 페이지에 여성의 손에서 나온 기사가, 그녀는 신문 독자인 나에게 지금까지 유일하게 유고슬라비아의 전쟁에 대한 르 몽드 특파원으로 익숙했었는데, 단순한 편파성을 – 이 경우 왜 그렇지 않겠는가? - 넘어 모든 세르비아적인 것에 반대하는 질기고 부러워할 만한 자의식이 강한 증오를 내뱉고 보고하고 또 보고한다. 언급된 기사에서 그녀는 쿠스투리차의 영화가 세르비아 땅 (및 바다) 에서 촬영되었기 때문에 그곳 기업들의 지원을 받아 제작되었으므로 유엔이 세르비아와 몬테네그로에 부과한 무역금지 또는 금수조치를 위반했음을 증명하고자 했다. 정확히 다시 말해 최고 법원에 따른, 동시에 완전히 객관적인 철저함으로 그녀는 신문의 4분의 1 분량을, 영화 ⟩언더그라운드⟨에 대항에서 적용할 수 있는 모든 UN 결의안을 열거했다. 단락 번호 이후의 단락 번호, 보조 조항 이후의 보조에 보조 조항, 모두 함께 정확하게 부채 지원에 가지런히 늘어놓고, 보태고, 연결해서, 다른 방법으로는 논란의 여지가 없고, 최종적이고, 되돌릴 수 없는 판단 근거를 제시한다. 그래서 암묵적으로 쿠스투리차의 영화는 제품이나 상품으로는 근본적으로 불공정하다는 것을, 그리고 그의 반(反)세르비아 (프랑스와 독일) 의 ⟩공동제조업체⟨는 법률 위반자이며, 영화는 어쨌든 통상정지대상국들에서, 즉 유통에서 철회되어야 한다는 것을 시사하고 있다. (여기서 나는 전쟁 기사 전문가의 제안을 다소 가볍게 번역한다.) 영화 ⟩언더그라운드⟨는 존재할 권리가 없으며, 생산자와 제작자 에밀 쿠스트리차는 적어도 전쟁의 수익자인 것이다. (이 기사가 나온 지 한 달쯤 되어서, 르 몽드는 ⟩나쁜 진행⟨을 그만두도록 정중하게 요청하는 독자의 편지

꿈꾸었던 동화의 나라와 작별

를 실었는데, 정의를 위해 언급했다고 한다. - 그후 또 다른 일선 여기자에 의해 다른 보고서가 실렸는데, 이번에는 축구 클럽 >붉은 별 베오그라드<의 상황에 대해서다. 정말이지 한 마디 한 마디가 잘 짜인 비난의 연속이고, 망치질로 끝을 맺었다. 국제 언론이 알고 있듯이 오랫동안 >악명 높은 산적이자 전쟁 살인마 아르칸<[09]과 긴밀한 관계를 유지해온 이 협회는 클럽 경영진의 주장처럼 이 관계를 포기하지 않았다. - 다른 방법으로 붉은-별-기념품가게에서 드레스, 재떨이 외에 >세르비아의 광신적 애국주의자 여류 록가수 체차<(Ceca) 와 전쟁범죄자의 >은밀한<(sulfurösen) 결혼식 비디오카세트가 아직 남아 있을까?)

나는 오랫동안 이런 (아마도) 필립 말로[10]의 사건에 나오는 풍기 단속 경찰보다 가치가 없는 부차적인 무대와 어설픈 언어놀이에 시간을 써야 했다. 왜냐하면 호기심에 찬 뒷조사에 의해 인용된 서술 방식이 나에게는 유고슬라비아 전쟁에 대한 엄청난 양의 출판물이 나오는 것으로 보였기 때문이다. - 왜, 최초의 현실을

---

09) Arkan : 본명 젤지코 라즈나토비치(1952~2000) : 극단적인 세르비아민족주의자로, 보스니아 내전과 코소보전쟁에서 '호랑이'라는 이름의 민병대(준군사 부대)를 조직해 비(非)세르비아계에 대한 무차별 전쟁범죄를 저질렀다. 헤이그 전범재판소에 비밀리에 기소되었으나 2000년 초 베오그라드 인터콘티넨탈 호텔 로비에서 암살자의 총격을 받고 사망했다. 세르비아인에겐 애국자이자 민족의 영웅이고 크로아티아와 보스니아인에겐 증오와 두려움의 대상이었던 인물이다. 베오그라드에 축구클럽을 소유하기도 했고, 사업 성공과 함께 유명 록가수 스베틀라나 체차와 염문을 뿌리다 결국 부인과 이혼하고 결혼식을 올렸다.

10) Philip Marlowe : Raymond Chandler(미국작가 1888-1959)의 추리 소설(1939)에 등장하는 탐정. 구성, 묘사, 대화의 기교가 뛰어나 hard boiled(하드보일드)파의 기장으로 평가된다. 하드보일드란 1920년대부터 미국 문학에 나타난 창작 태도로 현실의 냉혹하고 비정한 일을 감상에 빠지지 않고 간결한 문체로 묘사하는 수법이다.

외면하는 언론 비판을 통해 보스니아, 크라지나, 슬로베니아에서 세르비아 범죄를 깨닫도록 돕고 싶은가? – 여유. 인내. 정의. 문제는, 단지 나의 문제는? 더 더욱 복잡해지고 여러 가지 현실의 수준이나 단계를 가지고 있다. 그래서 그것을 명확히 하기 위해, 아주 진실된 무엇인가에 기대어 해결하길 바라며, 모든 혼란된 현실방식들이, 그 안에 무엇인가 연관이 있다는 것을 알리고 싶다. 거의 언제나 (텔레비전) 시청만으로 현실에 대해 도대체 무엇을 알 수 있단 말인가? 오로지 배움을 통한, 다시 말해 직접 보고 그리고 배움을 통해 얻을 수 있는 그런 실제적인 지식 없이, 네트워킹과 온라인으로만 갖게된 지식으로 무엇을 알 수 있단 말인가? 사건대신 사진만 보는 사람이 무엇을 알 수 있단 말인가? 텔레비전 뉴스에서와 같이, 이미지의 약어로 혹은 인터넷 세계에서처럼, 약어의 약어로 무엇을 알 수 있단 말인가?

혼란보다 더 나쁘게, 내가 벗어날 수 없는 두 가지는, 그리고 1991년 6월 슬로베니아에서 소위 10일 전쟁이 시작된 이래로 4년 반 동안 유고슬라비아 해체를 위한 출발신호들은 – 두 가지: 숫자와 그림, 즉 사진이다. 숫자로는 최초 전쟁에서 약 70명이 사망했는데, 그것은 후속 전쟁들에서 수십만 명의 사망자에 비하면 그리 많은 수는 아니다. 그러나 70명의 희생자 중 거의 모두가 유고슬라비아 인민군의 일원이었는데도, 그 당시 이미 위대한 침략자로 여겨졌고 모든 면에서 훨씬 우월한 상태에서 독립을 위한 소규모 슬로베니아 전사들과 가벼운 게임 (게임?) 을 했었다는 것은 대체 어떻게 나온 것인가? (물론 이상하게도 세계적인 확신에 열중하지 않고도, 수치의 비율은 알려져 있다.) 누가 누구를 쏘고 있었는가? 그리고 그들은 여전히 남 슬라브 형제들 사이에 있다고 믿었고 적어도 한쪽에서는 그러한 믿음이나 망상을 붙잡고 싶어 했기 때문에, 어떤 상황에서도 반격하지 말라는 명백한 군대 명령이 있지 않았는가? – 그러고 나서 나는 타임지(誌)에서 사진을 보았다. 약간 괴상한 전투복을 입은 슬로베니아인의 빈약한 집단이 현수막과 국기로 제시된 새로 탄생한 공화국을 보여주는 사진이다. 그래서 나는 기억한다. 그들 중에는 정말 젊은 사람들이 거의 없었거나 적어도 군대나 전투 병력은 전혀 젊지 않았다. – 자유의 투사들에 관해 내 머릿속에 떠오르는 것은 배가 나온 30대 중반의 남자들이 교활한 인간들의 소풍 마지막에 야외극장의 장식으로 깃발을 게양하는 모습이었다. 그 그림에 대한 나의 첫 생각은 지금까지 내 머리에서 벗어날 수가 없었다. 그들은 자유의 투사들이 아니라, 반쯤 우스꽝스런 여가를 즐기는 유형들이었고, 거의 70명을 우세한 무기를 가지고 알려진 젊은 군인들이 아니라 그냥 마구 쏘았던 것이다. 물론 그것은 말도 안 되는 상황일 수 있지만, 이런 방식으로 방송된 보고서와 이미지가 시청자들에게 어떻게 변형되고 개조되는지 보여준다.

이후 다른 전쟁보고서에서도 똑같은 일이 자주 자주 발생했다.

현실을 바꾸거나 현실을 단순한 배경처럼 변화시킨 기생충은 어디에 있는가? 뉴스 자체인가 아니면 시청자들의 의식에서인가? 1991년 11월 말 부코바르 (크로아티아)[11]에서 발생한 사건이 보도되었을 때, 나는 첫 번째 순간에는 완전하게 공감할 수 있었고, 그날 저녁 파리의 스탈린그라드 지하철역의 표지가 충격을 받은 어떤 행인의 손에 의해 부코바르로 바뀌었을 때, 나는 그것을 활동적이고 성서에 따른 행위로 보거나 혹은 예술과 정치의 이상적인 결합행위로 보았다. – 다음날 아침에, 가끔은 포장되는 경우도 있지만, ›끝‹이라는 낱말 이후로는 그렇게 되지 않았고, 나중에는 사실과는 거리가 먼 영화가 등장했다는 생각에서, (거의 항상 할리우드 영화에서) ›스탈린그라드‹와 ›부코바르‹가 어떻게 서로 연결이 되는지, 나에겐 의구심이 생겼다. 어떻게 내가 지금 동부 슬라보니아에서 일어난 사건에 대한 프랑크푸르터 알게마이네 차이퉁의 증오스런 신문사설의 진부한 상투어를 멀리할 수 있을까? 그들은 크로아티아[12]에 (즉, 부코바르시(市) 내외(內外)에) 거

---

11) Vukovar 사건 : 크로아티아 독립 전쟁 도중인 1991년 11월 20일 부코바르 동남쪽의 오브차라에서 유고슬라비아 인민군(JNA)이 넘겨준 크로아티아인 포로와 민간인을 세르비아계 준군사부대가 집단으로 학살한 사건이다. 지휘관은 위에서 언급한 젤리코 라주나토비치 (별칭 아르칸) 이다.

12) Croatia : 면적은 5만 6594㎢, 인구는 446만 4844명(2015년 현재), 수도는 자그레브(Zagreb). 주민은 크로아티아인 75%, 세르비아인 12% 등이다. 언어는 세르보크로아트어가 공용어이며, 종교는 가톨릭교이다. 1990년 4월 자유총선을 통하여 비공산민주정부가 수립되었고, 1991년 5월 유고연방 탈퇴 여부를 묻는 국민투표 결과 주민의 91%가 연방탈퇴 및 독립을 지지함으로써 6월 25일 슬로베니아공화국과 함께 독립을 선언하였다. 그러나 크로아티아 내의 세르비아인들은 독립에 반대하고 세르비아공화국으로의 편입을 요구함으로써 양 민족 간에 무력충돌이 발생, 이의 수습을 명분으로 세르비아인을 지원하는 유고연방군이 개입하여 크로아티아 방위군과 교전이 벌어졌던 것이다.

꿈꾸었던 동화의 나라와 작별

주하는 세르비아인이었고, 즉 지금까지 유고슬라비아연방의 시민들이었고, 크로아티아 동포들과 같은 동포들이었는데, 그런데 다수결로 결정된 크로아티아의 새로운 국가헌법에서 갑자기 2류 인종집단으로 예정되었다. - 그래서 이들 약 60만 명의 세르비아인은 원치 않게 크로아티아 국가에 통합되어서 독일 언론인의 지시에 따라 정당하고 친절하고 순종적으로, »소수자 (그렇게!) 처럼 그렇게 느껴야 하는가<!? »좋습니다, 당신의 명령에 따라, 오늘부터 우리는 우리나라에서 소수자처럼 느끼는 것에 동의하고, 따라서 당신의 크로아티아 헌법에 의해 그렇게 분류되는 것에 동의합니다.« 그것이 크라지나[13]와 부코바르시 주변에서 전쟁으로부터 탈출구가 될 수 있을까? 첫 번째 공격자는 누구였던가? 옛날부터 헤아릴 수 없이 많은 사람들이 살았던 지역에서 민족들이 앞뒤로 한 줄로 세워진 국가를 설립하는 것은 어떤 의미일까? 가장 잘 어울릴 수 있는 그와 같은 국가는 옳지도 마땅하지도 않다. 히틀러-크로아트 우스타샤 정권[14]을 통해 잊히지 않는 박해를 기억

---

13) Krajina : 세르비아 크라지나 공화국(Republika Srpska Krajina)은 자칭 크로아티아 내부에서 독립하였던 국가였다. 1991년에 세워졌으나, 국제적으로 어떠한 국가에게도 승인 받지 못한 나라였다. 이 나라의 대부분의 영토는 1995년, 크로아티아군이 벌인 폭풍 작전(Operacija Oluja)으로 일소되었으나, 동부 슬라보니아에 남겨진 일부는 국제연합 감시 아래에서 1998년까지 동슬라보니아, 바라냐 및 서시르미아로 존속했으며, 그 이후 평화적으로 크로아티아 영토에 복귀되었다.

14) Das hitlerisch-kroatische Ustascharegime : 구 유고내전의 씨앗은 제2차 세계대전 당시 히틀러 독일과 무솔리니 이탈리아의 추축국이 유고슬라비아 왕국을 침공하여 "크로아티아독립국"이라는 괴뢰국을 세우면서 뿌려졌다. 추축국이란 1936년 무솔리니가 '유럽의 국제관계는 로마와 베를린을 연결하는 선을 추축으로 하여 변화할 것이다'라고 연설한 데서 유래한 말이다. 이 괴뢰국의 지배세력이었던 우스타샤(크로아티아 가톨릭계 극우 조직)는 크로아티아 영내에 거주하는 세르비아 정교인들에게 개종을 강요했고, 이를 거부한 세르비아 정교인들을 무려 70만 명 이

해보면, 그것은 혐오스러운 일임에 틀림없다. 그렇다면 공격자는 누구인가? 전쟁을 유발한 사람이 전쟁을 시작한 사람과 똑같은가? 그리고 »시작«은 무엇을 의미하는가? 그러한 유발이 이미 시작일 수 있는가? (»당신이 시작했습니다!«- »아니요, 당신이 시작했습니다!«) 그리고 현재 크로아티아에 있는 세르비아인인 나와 내 민족에 반해서 결정된 그러한 국가에 대해 어떻게 행동했을까요? 수세기에 걸친 조상을 통해 그 장소와 깊이 연결되어 있었음에도 불구하고 내가 그렇게 생각한다면 다뉴브강을 넘어 »집«을 세르비아로 이주해야 했을까요? 아마도. 내가 갑작스레 2등 시민이 되고, 강제적으로 크로아티아 시민이긴 했지만, 마지못해 슬프게도 언짢은 상황에서 부리는 억지유머를 가지고 평화를 위해 그 나라에 머물러야 했을까요? 아마도 그래야 했겠지요. 아니면 나와 같은 많은 다른 사람들과 함께, 그리고 필요하다면 무의미하고 목적 없는 유고연방 군대의 도움을 받을 권력에 있었다면 나를 방어했을까? 아마, 아니면 그와 같은 젊고 자신의 가족이 없는 그런 세르비아인으로 존재했을 것이다. 그리고 잘 알려진 바와 같이 최초의 크로아티아 국가 민병대가 부코바르 주변의 세르비아 마을로 전진해 들어왔고, 나 같은 사람은 그것을 전쟁으로 말하지 않을 수 없었다. 그 끔찍한 »전쟁은 전쟁«이 여전히 적

상 학살하였다. 이에 대한 반동으로 세르비아인들이 조직한 민병조직 체트니크는 크로아티아 (가톨릭)인들을 보복 학살했다.

용되고 더 끔찍한 것은: 형제 전쟁은 형제 전쟁이기 때문이다. 그리고 이것을 쓸데없는 일이거나 부적합한 일로 이해하는 사람은 더 이상 읽을 필요가 없다. (독일 신문에서 자주 조롱되는 〉냉혹함〈은, 세르비아계 유대인 작가 알렉산다르 티즈마(Aleksandar Tišma, 1924 - 2003)가 〉전쟁은 전쟁〈이다라고 강조한 것처럼, 분노에 찬 고함이나 압박 같은 모든 원초적 비명에서 멀리 떨어져, 보다 생각할 것이 많지 않은가?)

1992년 봄에 보스니아 전쟁에서 나온 최초의 사진들, 즉 일련의 사진들 또는 시리즈 사진들이 공개되었을 때, 그것은 내 자신의 일부 (그것은 늘 〉내 전체〈를 의미함) 이었고, 군대든 개별적인 살인자든, 특히 사라예보 주위의 언덕이나 산위에, 〉인류의 적〈으로 인식된, 무장한 보스니아의 세르비아인이었다. 인류의 적이란 말은 독일 작가, 한스 마그누스 엔젠스베르거가 이라크 독재자 사담 후세인에게 한 말이다. 그리고 세르비아−보스니아 수용소의 보고서와 사본들이 추가되는 진행과정에서 어느 정도 세르비아의 애국자이고, 시인이자 야당인 부크 (〉늑대〈) 드라스코비치[15]가 서명했을 수 있으며, 학살을 통해 세르비아인을 포

---

15) Vuk Draskovic(1946~) : 세르비아 작가이자 정치인. 그는 세르비아 리뉴얼 운동의 지도자이며, 1999년 유고슬라비아연방 공화국 부총리와 2006년부터 2007년까지 세르비아와 몬테네그로 외교부 장관.

함한 보스니아-헤르체고비나[16]에서는 지금까지 역사에서 죄책감에 휩싸인 카인족의 일종인 가해자나 최초 가해자가 된 적은 거의 없다. 단순히 한 번이 아닌, 단순히 순간이 아닌, 사라예보의 영안실 하나에서 텅 빈 우주 속에서 홀로 버려진 죽은 어린애를 마주보는 ─ 엘빠이스 같은 에스파니아 신문에 실린 이러한 사진술은, 확대 및 출판 분야에서 세계 챔피언으로, 그들의 자의식은 프란시스 고야를 계승하고 있는 게 아닌가? ─ 나는 혼자 자문했다, 도대체 왜 여기 우리 중 하나가, 혹은 좀 더 적당하게는, 저곳에 하나가, 개별적으로는 세르비아 국민 중 하나가, 그런 일에 책임이 있는 자가, 보스니아-세르비아인 지도자 라도반 카라치치가, 전쟁 전에는 자칭 동요 작가였는데, 삶에서 죽음까지 갔을까? 또 다른 슈타우펜베르크 대령 혹은 게오르크 엘스너[17]인가!?

그럼에도 불구하고, 멀리서 목격한 사람의 무기력한 폭력충동으로, 나의 또 다른 부분은 (내 전체를 대변하지 않았던) 이 전쟁과 전쟁보고서를 신뢰하지 않았다. 원하지 않았다? 아니, 할 수가

---

16) 보스니아-헤르체고비나는 보스니아계-크로아티아계의 연방인 보스니아 헤르체고비나와 세르비아계 공화국인 스릅스카로 구성된 1국가 2체제이다. 보스니아 헤르체고비나 주민의 51%는 무슬림이며, 31%는 세르비아 정교회, 15%는 가톨릭 그외 3%인데, 이는 민족구성과 거의 일치한다. 거의 대부분 슬라브족의 종교는 동방 정교회나 로마 가톨릭이지만, 보스니아인은 주로 이슬람교를 믿는 슬라브 민족이다.
Federation of Bosnia and Herzegovina : 보스니아 헤르체고비나연방
Republika Srpska : 스릅스카 공화국

17) Claus von Stauffenberg (1907~1944) : 1944년 7월 20일 오후 동프로이센의 라슈템부르크 총통지휘소에서 '히틀러 암살사건'이 일어났는데, 성공하지 못했다. 주모자가 클라우스 폰 슈타우펜베르크 대령이다. Georg Elsner (1903-1945) : 히틀러와 나치(국가사회주의)에 저항했던 전사.

없었다. 소위 세계 사람들에게 너무나 빨리, 이 전쟁에서 침략자와 공격자, 순수한 희생자와 벌거벗은 악당의 역할이 결정되고 확고하게 기록되었기 때문이다. 내 생각이었다면 어떻게 다시 잘 해결되어야 했는데, 개별 민족에 의한 독단적인 국가 봉기가 일어났다. – 세르보크로아트어를 사용하는 보스니아의 세르비아 태생 무슬림이 이제 한 민족이어야 했고 – 같은 지역에서, 다른 두 민족, 즉 정교와 가톨릭 민족도 똑같은 권리를 가진 민족이었다. 그리고 세 민족 모두 뒤범벅이 되어, 다문화적인 수도에서 뿐만 아니라 원하는 경우 마을에서 마을로, 그리고 마을에서는 집이나 오두막에 서로 나란히 섞여 살고 있지 않았는가? 그리고 솔직히 말해 내 지역 또는 우리 지역에 적절치 않는 국가를 무자비하게 결정한다면 나는 보스니아에 살고 있는 세르비아인으로서 어떻게 행동했을까? 이제 누가 공격자였을까? (위 참조.)

많지 않은 제3의 구경꾼들에겐 사건들이 한동안 그렇게 진행되어서 때때로 전쟁 희생자들의 사진 중 하나가 〉세르비아인〈이라는 소문을 가진다면 우리는 그것을 실수, 오판 또는 최소한 무시할 만한 예외로 간주할 것인가? 실제로 그러한 무고한 세르비아인 희생자가 있었다면, 매우 드물게 세상에 알려진 사건에 따라서, 1대 1,000의 비율이, – 즉 세르비아인 사망자 1명에 무슬림 1,000명 비율 – 적정하다고 할 수 있을 것인가? 전쟁의 어느 쪽이 보도와 사진 촬영을 위해 살해자와 고문을 당하는 사람에게 운이 좋은 쪽인가? 그리고 1995년 여름에 크라지나에서 세르비아인이 추방되면서 처음으로 이 상황이 조금 바뀌었을까? – 살해당한 사람들의 얼굴이 아니라 ›단지‹ 노숙자들의 얼굴이었음에도 불구하고 ›동일‹하다고 암시되었다. 다른 민족은 미리 추방되었을까? 그리고 국제사법재판소에서 방금 발표한 유고슬라비아 전쟁의 범죄용의자 수가 이것에 맞지 않은가? 세르비아인 47명, 크로아티아인 8명, 무슬림 1명이 헤이그 재판소에서 추적될 수 있다. – 마치 이 페이지를 장식하기 위해 현장에 없는 사마리아 사람 같이, 현장에 없는 전쟁범죄자가 필요할 것 같다.

그러나 크라지나의 난민행렬 모습들은 여기저기 멀리 있는 시청자들에게 이미 의심스럽게 보이지 않았는가? 그 무렵 거의 사라진 세르비아 희생자들은 항상 완전히 다른 사람들의 희생으로 사진, 소리 및 기사에 나타나지 않았는가? 그렇다, 사진들로 몇 개만 예외적으로 뉴스 가치가 있는 첫 번 것들은 사실, 다른 두 전쟁 민족의 근심과 슬픔의 동반자들과는 달리, 나에게 ›사라진‹ 것으로 여겨졌다. 이것은 어쨌든 ›포즈를 취한‹ 것은 아니었지만 보기 드문 일이 아니었다. 하지만 보고서의 관점이나 시야의 각도를 통해 분명히 포즈를 취했다. 정말 고통에 찬 그리고 고통의 포즈로 보였다. 점점 더 그들은 국제사진기자들과 리포터들의 렌즈와 청각 버튼을 위해 이러한 가르치고, 조종되고, 손짓으로 지시되는 (›헤이, 파트너!‹) 가시적이고 순종하는 생소한 고통의 표정

　　　　　　　　　　　꿈꾸었던 동화의 나라와 작별

과 생소한 고통의 자세를 취했다. 수용소 창살 뒤에서 가까이 다가가, 국제언론기관의 사진작가 지시에 따라, 수용소 울타리 밖에서 공식적으로, 큰소리로 우는 여자의 얼굴을 접하고, 그리고 심지어 여자가 사진 상인이 그녀에게 지시해 준대로 전선에 달라붙는 태도를 보았을 때, 누가 나에게 틀렸다거나 심지어 악의적이라고 말할 수 있을까? 아마도, 그럴 수 있다. 내가 잘못 생각했고, 기생충이 나의 눈을 가로 막을 수 있다. (어떤 여인의 팔, 즉 그의 어머니 팔에서 소리치며 우는 아이의 커다란 사진? 그리고 후속 사진에서 멀리 떨어진 한 집단의 다른 여인의 팔에서, 즉 실제 어머니 팔에서 그 아이는 얼마나 평온한가?) ㅡ 하지만 왜 나는 세르비아 전쟁 희생자의 사진에서는 이렇게 조심스럽게 구도하고 정교하게 포즈를 취한 녹화를 한 번도 본 적이 없었을까? ㅡ 어쨌든 여기 이 ﹥서부﹤에서 ㅡ 왜 그런 세르비아인들은 클로즈업 상태에선 거의 보이지 않고, 개별적으로도 거의 나타나지 않았으며, 거의 항상 그룹으로, 거의 항상 중간 또는 멀리 배경에서 사라지면서, 또는 사라지지 않으면서, 크로아티아 또는 모슬렘 동료들이 함께 고통스러워하는 것과는 달리, 죄책감을 느끼는 사람처럼 카메라 앞에서 고통이 가득한 시선으로, 옆 또는 아래를 내려다보고 있을까? 낯선 종족처럼? ㅡ 아니면 자랑스럽게 포즈를 취하는 것처럼? ㅡ 아니면 우수에 잠긴 것처럼?

그래서 나의 일부는 정당을 지지할 수도, 비난할 수도 없었다. 그것은 나를 그로테스크하고 완전히 이해할 수 없는 메커니즘(?)으로 이끌었다. 젊은 프랑스 작가 (크로아티아 어머니와 함께) 패트릭 베슨[18]은 그것을 세르비아인을 위한 어느 변론에서, 아니 어느 팸플릿에서 (무엇에 대한 >팸플릿<?) 몇 달 전에 거의 모든 것을 재치와 부조리 사이에서 서술하고 있다. 팸플릿은 베슨이 전쟁의 짐승들을 처음에는 모든 다른 서양 시청자들처럼, 동일한 쪽에서 보았다고 하면서 시작했다. 그러나 어느 날 – 뉴스 소비자들과 변덕스러운 파리 패션맨들을 교묘하게 다루기 시작했고 – 그러한 단조로움은 계속되었다. 다음은 분위기와는 아무런 관련이 없으며 오직 작가의 말과 이미지에 대한 민감성만 관련이 있었다. 그는 제2차 세계대전에서 유고슬라비아의 고통과 저항의 역사를 아주 분명하게 회상한 후 – 그것은 우리의 기억 속에 거의 남아 있지 않고, 우리가 당사자들에게 끝임 없이 망각을, 어린아이들과 어린아이들의 아이들에 이르기까지 요구하고 있듯이 – , 베슨은 분노의 소용돌이 속에서 현재의 유고사태와 관련된 모든 표준 미디어들을 늘어놓고 있다. 일종의 플로베르[19]식 "상투어들 사전"의 연속에서, 웃음보다는, 울면서 동시에 비명을 지르는 미디어들

---

18) Patrick Besson (1956 ~) : 프랑스 작가, 저널리스트. 러시아부친, 크로아티아모친. 유고슬라비아 전쟁에서 세르비아를 지원.
19) Gustave Flaubert (1821~1880) : 프랑스 작가, 사실주의 완성자.

　　　　　　　　　꿈꾸었던 동화의 나라와 작별

을 늘어놓고 있다. 보기로서 그는 라도반 카라지치[20] 박사의 평소 묘사를 인용하고 있다. 정치가인 이 사람에게 자연스럽게 그의 정신과 의사 직업이 같이 언급되는 것이 어떻게 익숙해졌는가는, 잘 알려진 것처럼 플로베르를 보라고 했다. 신경질환의 치료를 받고 있는 그는 또 다른 칭호를 가지고 있었으며, 그가 빈에서 파리에 이르는 출판물에서 정기적으로 ﹥닥터﹤라고 호칭되었다. 똑같이 우리 세계를 핵폭탄으로 날려버리려고 하는 스탠리 쿠브릭의 블랙 코미디 영화 ﹥닥터 스트레인지러브﹤[21] (독일어로는 닥터 셀트삼(Dr. Seltsam) 을 닥터로 부르는 것처럼, 그리고 그 결과, 르 몽드에서 베슨의 팜플렛을 읽는 것과 동시에 세르비아 지도자의 초상을 보게 되었다. 그 진부하고 진부한 사진들, 진부하고 진부한 표현들, 즉 앞서 언급된 언어의 잘못된 진행방향, 다시 말해 현실

---

20) Radovan Karadžić (1945~) : 스릅스카 공화국의 전 대통령이자 시인, 정신과 의사이다. 그는 1995년 보스니아 내전 당시 대통령직을 수행했으며 인종 청소를 자행해 네덜란드 헤이그에 있는 구(舊)유고슬라비아 국제형사재판소(ICTY)의 전쟁범죄자로 수배 중이었다. 내전 당시 카라지치는 사라예보를 공격해 1만2천 명을 살해했으며 1995년 스레브레니차에서 8천 명의 무슬림을 무차별 살인하는 등의 만행을 주도해 현상 수배됐다. 2008년 세르비아의 수도 베오그라드에서 붙잡혀 네덜란드로 후송됐다. [네이버 지식백과] 라도반 카라지치[Radovan Karadžić] (위키백과)

21) Dr. Strangelove : 원제는 Dr. Strangelove or: How I Learned to Stop Worrying and Love the Bomb.(닥터 스트레인지러브 또는 내가 어떻게 걱정을 떨치고 (핵)폭탄을 사랑하는 법을 배우게 되었는가?) 인데, 너무 길어서 보통 Dr. Strangelove로 부른다. 1964년 스탠리 쿠브릭(Stanley Kubrick, 1928-1999)이 제작한 반전 영화로, 핵전쟁을 통해 인류가 직면하고 있는 상호확증파괴의 모순을 블랙 코미디로 희화화했다. 피터 조지의 장편소설 적색경보(Red Alert, 1958)를 원작으로 하였다. 인류 미래의 SF [공상과학소설. science fiction] 3부작 가운데 첫 번째 작품이다. 자신이 만든 기계를 제어할 능력을 상실한 인류의 암울한 미래를 예고하는 영화로 여기서 닥터 스트레인지러브는 테크놀러지와 컴퓨터의 신봉자이지만 아이러니컬하게도 기계의 인조 팔에 의해 생명이 겨우 유지되는 퇴물 파시스트이다. 스탠리 쿠브릭은 이 영화가 해외에서 개봉될 때 제목이 멋대로 바뀌는 것을 우려해서 해외 개봉 시에는 제목을 반드시 해당 국가의 언어로 그대로 번역하기를 요구했는데, 독일에서는 닥터 셀트삼(Dr. Seltsam)으로 바꾸었다. 그의 대표작으로는 《스파르타쿠스》(1960), 《롤리타》(1961). [네이버 지식백과] 닥터 스트레인지러브 [Dr. Strangelove] (나무위키 참조)

의 사이비 재현이 몇 가지 진부한 이야기들과 함께 펼쳐지고 있었다. 정신과 의사 카라지치 박사가 쓴 시들은, 당연히 >틈틈이 쓴< 것으로, 누구에게도 읽히지 않을 것이며, 물론 그것은 >평범한< 작품들이었다. 그리고 그것은 내가 볼 때 일종의 그로테스크 (황당) 한 메커니즘 (수법) 중 하나였다. 나는 카라지치의 그런 시를 읽고 싶었다. 또 똑같이 살인자의 신부(新婦)이자 국수주의적인 여가수 체차(Ceca)의 화법도 나에게 그녀의 노래를 듣고 싶게 했다. 그것은 패트릭 베슨과 비슷한 수법이었다. 베슨이 저 라도반 카라지치를 이런저런 보고서에 따라, 또 그 다음은 한번 팔레(* Pale. 보스니아–헤르초고비나의 지명)에서 직접 그를 보고 그를 늙고, 피로에 지친, 정신이 혼미한 슬픈 여인처럼 묘사한 것은 – 대단히 성실한 묘사였고 – 허용되지 않는 반(反)메커니즘적인 서술이었다.

어쨌든, 그러한 메커니즘은 오히려 반격이나 역류로 언급할 가치가 있다고 여겨진다. 왜냐하면, 그것들은 균형감이나 정의감을 잃을 위험이 있기 때문이다. 베슨의 세르비아 방어에서는 희귀한 에피날[22] 판화처럼, 그의 팸플릿에서 목표로 삼고 있는 것과 비슷하게 불투명한 상투적인 판단을 준다. 그는 팔레에 있는 어느 군인들의 모임에 관해 이야기했는데, 보스니아–세르비아 군인들은 우리가 알고 있는 것과는 아주 다르게 나타났다. 젊은이들의 작

---

22) 프랑스 동북부의 에피날에서 만들어진 통속적인 교훈 판화.

은 묘사에서 ≫신선하고, 행복하며, 자유≪에 가까운 문장으로 너무 섬세하게 나오지 않았다면, 어쩌면 한번은 옳을 수도 있었다. 그래서 나는 1930년대에 서방을 여행한 일부 여행자들이 한때 소련 제도를 찬양한 현상이 나타날 수 있는 그러한 모순의 위험이 있을 수 있다고 생각했다. 당연히. 슬리보비치를 마시는 세르비아 민족주의자들, 술 취한 농부들, 편견에 사로잡힌 사람들에 대해서 쓴 저널리스트들의 새로운 보도와 그들과 별로 다르지 않은 외국 기자들이, 저녁이 되면 호텔 바에서 자두 브랜디(슬리보비치) 대신 포도주나 다른 것으로 만든 것을 손에 들고 있는 것을 보는 것은 잘못된 메커니즘인가? 많은 기자 중 어느 누구에게도 항상 같은 운율의 유고슬라비아 기사를 위해, 선지자 이사야에게서처럼 불이 피어오르는 숯 한 조각을 입술 위에 소망하지는 않았지만, 그러나 그는 항상 작은 가시쐐기풀로 그의 글 쓰는 손을 휘감고 있었다.

다음은 당신들에게 익숙한 헤럴드 기사에 대한 나의 기계론적 불신에서 비롯된 것이 아니라 사건 자체에 대한 의문이다. 새로운 철학자인 버나드 앙리 레비[23] 같이, 공격 직후 어디에도 없는 혹은 도처에 존재하는 점점 더 늘어가는 현대인 중 하나가 떠들썩

---

23) Bernard Henri-Lévy(1948 ~) : 프랑스 철학자로 1976년 "Nouveaux 철학자 : 새로운 철학자" 운동의 지도자 중 하나.

하게 퍼뜨리며, 부조리한 문법 속에서 알고 있는 그런 의미에서, 사라예보의 마르켈래 시장(市場)에 대한 두 번의 공격이 실제로 보스니아–세르비아인의 비행(非行)이라는 사실이 입증되었는가? 그리고 또 〉세르비아인이 범인이라는 것은 의심할 여지없이 밝혀질 것입니다!〈? 같은 일종의 기생충 식객의 질문. 두브로브니크[24]에서는 사실 어땠나? 달마티안 해안에 있는 그 멋진 작은 구(舊)시가지 또는 바닥이 움푹한 접시 같은 도시는 실제로 1991년 초겨울에 폭격을 받아 파괴되었는가? 아니면 그냥 – 충분히 악의가 있는 – 짧은 총격 사건? 아니면 두꺼운 성벽 밖에서 물체를 쏘았을 때, 빗나가거나 스쳐 지나갔는가? 고의로 혹은 우연히 타협한 것인가? (심지어 대단히 악의적으로)

그리고 마침내 나는, 나 자신뿐만은 아니겠지만, 〉대(大)세르비아〈라는 폭력적인 꿈과 실제는 어떤 관련이 있는가? 세르비아의 권력자들이 실제로 그것을 꿈꾸었다면 오른쪽과 왼쪽 모두 쉽게 작업하게 할 수 없었을까? 아니면 전설적인 모래 알맹이가, 발칸에서 뿐만 아니라 많은 붕괴해가는 국가들에서 혼란스럽게 흩날리고, 내가 사는 외국의 어두운 연구실에서 충격을 주는 바위로

---

24) Dubrovnik : 크로아티아 아드리아해에 면한 달마티아 해안에 있는 작은 도시. 1945년 유고슬라비아연방의 일부가 되었다가 1991년 독립을 선포한 크로아티아에 속하게 되었다. 두브로브니크 옛 시가지는 1979년 유네스코 세계문화유산 목록에 등재되었으며, 요새를 비롯하여 역사와 전통을 지닌 건축물들이 보존되어 있어 세계적인 관광도시 가운데 하나로 널리 알려져 있다. [네이버 지식백과] 두브로브니크 [Dubrovnik] (두산백과)

꿈꾸었던 동화의 나라와 작별

확대되는 것이 가능하지 않았을까 하는 질문을 하는 데까지 오게 되었다. (최근에 유고슬라비아 전쟁 4년의 자칭 연대기가 프랑크푸르터 알게마이네 차이퉁에서, 1986년 세르비아 아카데미(학술협회)의 익명의 비망록 작성자에게 국가 붕괴에 대한 책임을 부과하는 부제목으로 시작되었다. 〉이전 유고슬라비아 전쟁은 연구실에서 시작되었다. 학자들은 큰 갈등에 대한 이념적 정당성을 제공했다.〈) 결국은 전설을 먹고 살았던, 결코 어디에도 없는 권력의 아이디어나 정책을 움켜쥐고 있는 세르비아의 작은 꿈보다는, 무엇인가 불평등한 현실 혹은 유용함 혹은 강력함, 해체와 포함을 증명하는 〉대(大)크로아티아《가 아닌가? 그리고 파괴의 전쟁역사는 오늘날처럼 미리 앞서서 잘못을 비난하는 것과는 상당히 다르게 쓰이지 않았던가? 그러나 이것에 의해 모든 미래가 이미 확정되지 않았는가? 문서상으로 확정된? 더 엄격하지 않았는가? 1914년 이후, 1941년 이후와 같이 - 이것은 또 유고슬라비아 이웃민족, 오스트리아와 특히 독일인의 의식에 견고하고 단단하게 고정되었고, 다음 1991년을 위한 돌파구로 준비되지 않았는가? 누가 뉘앙스로만 되어있는 이들 역사를 다른 방식으로 쓸 것인가? - 서로의 경직된 이미지로부터 민족을 구원하기 위해 많은 일을 할 수 있는 것은 무엇일까?

2

여행 1부

도나우, 사바 그리고 모라봐강을 향해

　내가 우리들의 세르비아 여행에서 말하고자 한 것은, 그 나라
를 바라보는 이런저런 다양한 기사들에 대한 의도적인 반대 이미
지들은 아니다. 나에게 기억에 남는 것은 나의 의도나 관여가 없
는 유일한 제3의 길이었기 때문이다. ― 그 제3의 길은 독일 서사
시인 헤르만 렌츠의 〉외부에서〈란 시에서 볼 수 있거나, 옛 철학
자 에드문트 훗셀의 〉살아있는 세계〈를 말한다. (새로운 철학자
들에 대항하는 것이 아니라, 가끔 이런 것이 필요다고 여겨진다.)
그리고 당연히 나는 전쟁에 휩쓸려 들어간 세르비아 국가에서, 축
소된 그러나 아직도 여전히 유고슬라비아 사회주의 연맹의 일부
인 국가에서 여행하고 있다는 사실을 끊임없이 생각하고 있었다.
그러한 제3의 길, 그와 같은 삶의 세계는 현실이나 시대성을 제외

　　　　　　　　　　　꿈꾸었던 동화의 나라와 작별

하거나 멀리 떨어져 존재하지 않는다.

취리히에서 출발하기 전에 나는 랑엔샤이트 출판사에서 나온 작은 어학사전을 하나 샀다. 예전에는 ≫세르보크로아티아어(語)≪(Serbokroatian)라고 씌어 있었던 일반적인 노란색 표지가 지금은 단지 ≫크로아티아어(語)≪(kroatisch, 1992년 판)로만 씌어 있어서 나는 책장을 넘겨보면서, 뒤에 ≫관습적인 약어들≪ 밑에, 세르비아어가 아직 명시적으로 같이 사용되던 때 단어 ≫독일 산업표준≪(DIN, Deutsche Industrienorm)이란 단어가 존재하는지 의문을 가졌다. 거의 같은 해에 FAZ(* 프랑크푸르터 알게마이네 차이퉁)에 고용된 ≫라인하르트 라우어 교수≪(Prof. Dr. Reinhard Lauer)에 의해 사전은 개정되었는데, 그곳에서 다시 전체 세르비아 국민을, 그의 시인들과 함께, 반복하고 있었다. 그들에게서 계몽주의는 지나가 버렸고, 낭만주의자 녜고쉬[25]로부터, 바스코 포파[26]에 이르기까지, 대단히 위험한 신화의 질병을 벗어나, 포파의 늑대 시(詩)를 확인하고, 늑대와 동일성을 확인했다.

---

25) 페타르 2세 페트로비치 녜고쉬 (Petar II Petrovic Njegos 1813~1851) : 몬테네그로 공국 군주이자 주교이며, 19세기 세르비아 문학의 대표적인 시인이자 철학자로 세르비아 전반의 문화에 큰 영향을 줌.

26) Vasko Popa (1922~1991) : 세르비아 시인.
 ≫절름발이 늑대에게 경의를≪ [문학동네. 오민석 역. 2006) 1~7단락 중에서 7 단락
 그대의 굴로 돌아가라 절름발이 늑대여
 가서 잠들라 털갈이를 하고 강철 같은 새 이빨이 자랄 때까지
 잠들라 내 조상의 뼈들이 꽃피고 가지가 자라 대지의 껍질을 뚫을 때까지
 잠들라 그대의 종족이 하늘의 다른 쪽에서 이 울부짖음으로 깨어날 때까지
 그대의 굴로 돌아가라 내 꿈속에서 그대를 찾아가 섬기리. 절름발이 늑대여

다른 취리히 비행기 탑승구와 달리 베오그라드의 승객은 거의 입을 열지 않았고, 비행 중에도 우리는 세르비아인처럼 비행기 속에서 침묵을 유지했다. 대부분 (외국 근로자들?, 부모님 방문자들?) 이 마음이 편치 않은 목적지로 가는 길이었다.

오래전에 수확이 끝난 평평한 지상에 착륙했을 때, 》발칸반도의 유일한 국제도시《인 (드라간 벨리키츠[27]의 말, 그에 관해서는 나중에 좀 더 설명을 하겠다.) 수백만 명이 사는 베오그라드의 주변에 아무런 느낌도 없었는데, 아내 세민이 한 무리의 사람들과 활주로에 가까운 실루엣을 주시하도록 했다. 그들은 들판 가장자리에서 새끼 돼지를 굽고 있었다. 동시에 이곳저곳에서 늦가을 연기들이 솟아오르고 있었다. 나는 이전에 현대의 세르비아 소설가 밀로라드 파비츠[28]의 책에서, 한 여자가 그녀의 연인에게 키스하고 혀로 그의 이빨을 헤아리는 것, 그리고 모라봐강처럼 남쪽에서 북쪽으로 흐르는 강의 물고기는 살이 좋지 않다고 하는 것, 와인을 섞을 때 다른 방법보다는 물을 첨가하는 것이 야만적이라는 그런 내용을 읽은 적이 있다.

그리고 나서 쾰른에서 우리보다 앞서 날아온 친구이자 번역가

---

27) Dragan Velikić (베오그라드, 1953~) : 현대 세르비아에서 가장 주목받고 있는 작가, 수필가. 전 오스트리아 대사.
28) Milorad Pavic (유고슬라비아 1929~2009) : 소설가, 시인. 세르비아 예술과학아카데미 회원.

꿈꾸었던 동화의 나라와 작별

인 차르코가 공항 출구에 서있는 것을 보았다. 나는 그를 몇 년 동안 보지 못했지만, 지금은 실망스럽게도 우리를 기다리고 있었다. 외국으로 들어가기 위한 이 첫 번째 문턱을 혼자 극복하기를 원했겠지만, 나처럼 그도 베오그라드와 세르비아에서 상당히 낯선 사람이라고 말했다. (그의 어색한 행동에서부터 호텔 문의 열림까지, 그다음 열린 것을 확인하기까지).

〉노비 베오그라드《(Novi Beograd)의 신(新)시가지에는, 거의 초원 같은 빈곳이 많았는데 때때로 그 사이에서 일정한 간격으로 사람들이 넓게 펼쳐진 진입도로로 가까이 또 멀리 흩어져 가고 있었다. 그곳에선 동시에 많은 사람들이 일없는 오후처럼 기다리고도 있었다. 모든 새로운 건물들은 오랫동안 미완성인 상태로 서있었다. 버스와 전철에는 오랜 시간 승객들의 모습은 보이지 않았다. 그리고 다시 한 번 플라스틱 용기를 가진 불법 휘발유 판매자들을 지적한 사람은 세민이었다. 특수 지역뿐만 아니라 자주 그렇듯이 처음 몇 순간에 나는 이미 알려졌던 여러 현실의 상징들을 파악했다.

세기 전환기에 세워진 우아한 모습의 길모퉁이 건물로, 시내 중심가에, 사바강과 도나우강 (세르비아 말로는 '두나브강') 이 내려다보이는 테라스에 위치한 호텔 〉모스크바《는 — 아래층 프론트에는 직원들이 그들의 친구들과 함께 빈둥거리고 있었다. — 거의 모든 방들이 비어 있었다. 우리가 오랜만에 첫 번째 손님이었고 오랜 시간 동안 마지막 손님이었다. 세민의 관점에서, 높은 발코니 문 아래로 나뭇잎들이 펄럭이고, 낡은 차는 덜커덩거리고 엔진은 말을 듣지 않고, 그래서 파리의 큰 가로수길이나, ›넓은 가로수길‹이 아닌, 프랑스식 ›환경의 변화‹, 즉 그녀의 의아함, 낯선 존재감 혹은 문자 그대로 번역해서, ›외국인 같음‹, ›외국인 존재‹ (자신을 벗어난 존재 같은) 감이 나에게로 전달됨을 느꼈다. 나는 또 다른 세르비아 친구가 오기를 간절하게 바랐다. 그는 예전에 세탁소 일과 카드놀이를 직업으로 가졌던 사람인데, 모든 곳, 즉 오스트리아의 잘츠부르크나 아니면 여기 세르비아 수도 베오그라드에서, 곧장 고향처럼 친숙해지거나 혹은 적어도 고향을 향한 모든 욕망이 전염성 있는 것으로 생각했을 것이다. (그는 동유럽 여행에 이틀 늦게 왔다.)

나에게는 ›재 이동‹, 즉 ›다른 나라로의 이동‹이 일어났다. 곧바로 낯선 큰길의 가게에서 물건을 구입할 때, 거기에 있는 고대의 무거운 철제 손잡이를 힘들게 누르고 상점 문을 열어야 했고, 그러고 나서 일을 처리할 수 있었다. 이전에 길거리에서 배웠던 것들이, 지금은 여자판매원에 의해 그 자리에서 이해되는 상품단어들이 되었고, 다음날에도 통용되었다. 그리고 세민 역시 저녁시간이면 어두울 거라고 우려했던 것과는 반대로 전혀 어둡지 않

꿈꾸었던 동화의 나라와 작별

은 베오그라드 시내를 칼레메그단[29] 요새방향으로 확신에 차서 걸어갔다. 그곳은 사바강과 다뉴브강의 합류지점 위에 있는 오래된 터키 명칭의 요새였다. 이곳 사람이자, 우리의 안내인 차르코는 허둥대며 갈피를 못 잡고 길의 방향을 혼동했다. 자신의 수도에서 낯선 사람이 되었다는 이야기를 여러 번 중얼거렸다. 그곳은 그가 지금 며칠 동안 살았던 곳이고, 그의 어머니의 보살핌을 받았기 때문에 그가 베오그라드에서 낯선 사람이었을 것이라고 생각했다 - 그의 대답은, 베오그라드 교외의 체문시(市)에 그의 집이 있었는데, 파노니아 평야를 흐르는 도나우 강변에 위치한 곳으로, 그가 태어난 곳, 어린 시절 자랐던 곳, 전망대가 위치한 곳이었다고 했다.

첫날 베오그라드의 저녁은 온화했고, 반달은 터키요새를 비롯해 환하게 비추고 있었다. 남유럽의 대도시 중심지에는 많은 사람들이 북적거렸다. 그들은 나폴리나 아테네에서보다 나에게 더 조용하게 느껴지지는 않았고, 또 그들 자신과 다른 행인에 대해 보다 의식적으로, 더 주의 깊게, 매우 특별한 태도의 의미에서 친절했다. 걸어 다니는 태도에서 아주 특별한 예의에 따라, 자신을 보

---

29) Kalemegdan 요새 : 세르비아의 유명한 역사적 장소로, 2000년의 역사를 지니고 있으며, 터키어로 '칼레'는 '요새', '메그단'은 '전장(戰場)'을 뜻한다. 공원 안에는 로마시대의 요새 흔적과 함께 친단문(Gate Zindan), 산책로, 동물원, 무기박물관, 승리자의 탑 (또는 빅토르 동상), 투쟁의 분수, 모스크, 제2차 세계대전 당시의 프랑스에 대한 감사기념비, 예술가들의 흉상 등이 있다. [네이버 지식백과] 칼레메그단 [Kalemegdan] (두산백과)

여주는 대신 급히 혼란이 없는 곳으로 걸어가는 방식으로, 또는 다른 공간에서 하는 말과 비슷하게 보행자 구역들에서 일상적인 고함, 휘파람 등으로 자신을 나타내지 않고 다른 공간으로 떠나는 것도 유사했다. 또한 많은 노점상들은 누구에게도 말을 걸지 않으면서 고객을 위해 조용히 준비하고 있었다. (내가 생각하고 있던 이전 모습과는 다른 모습이었다.) 그날 밤 나는 무심코 세르비아인 슬리보비츠 술꾼을 찾아보았지만 눈에 띄지 않았다. 대신에 도로의 분수 주변에서 손으로 물을 마시는 모습을 보았다. 그리고 어디에도 전쟁에 대한 슬로건이나 비난은 없었다. 경찰도 도시구역에서 다른 곳보다 훨씬 적었다. 후에 세민은 베오그라드가 솔직히 억눌려 있는 것 같다고 말했다. 반면에 나에게는 적어도 첫눈에 보면 대중은 활기를 띤 것처럼 보였다. (30년 전 극장과는 완전히 다르게) 그리고 동시에, 그래, 교양 있게도 보였다. 일반적인 죄책감 때문인가? 아니, 대단히 사려 깊고, 이해심이 넓으며 그리고 — 내가 그곳에서 그렇게 느꼈고, 지금 여기서는 그렇게 생각한다 — 매우 품위 있는 개개인의 모습 때문이리라. 그리고 어쩌면 과시하지 않은 자부심 때문일까? >세르비아인들은 겸손해졌다.< 그것을 나는 나중에 디 차이트 신문에서 읽었다. 겸손해졌다? 누가 알겠어? 아니면, 내가 가장 좋아하는 (오스트리아) 말에서 >그러기 위해서는 더 일찍 일어났어야 했어!<. >이방인이 뭘 알아?<

꿈꾸었던 동화의 나라와 작별

다음날 칼레메그단 유적지의 두 강에서 솟아 오른 초겨울 안개 속에서 조용히 한가롭게 걸었던 많은 노인들은 누구였을까? 그들은 넥타이와 모자로 치장을 한 발칸 기준에 따라 깔끔하게 면도한 퇴직 근로자들도 아니고, 또한 그런 숫자의 전직 공무원이나 프리랜서 일 수도 없었다. 그들은 모두 신분의식을 표정으로 나타내고 있었지만, 그러나 독일과 특히 오스트리아에서 나에게 익숙한 중산층, 의사, 변호사 또는 이전에 상인들과는 눈에 띄게 다르게 보였다. 게다가 나이가 들지 않은 이 노인들은 유럽인도 아니고 동양인도 아니었다. 적절한 모자가 없더라도 바스크 지방[30]의 흐릿한 산책로에서 산보하는 사람들과 가장 잘 비교할 수 있었다. 그들은 앞으로 나아가면서 요새의 폐허 사이를 걷고 있었고, 안개 속의 분명한 형체들은 거의 암울한 표정으로, 시간이 지나면서 일종의 현재 또는 고요함으로 내게 다가 왔다. 그리고 그들은 독신주의자가 아니었다. 그들은 모두 몇 년 동안 꽤 행복하게 결혼생활을 했었는데 지금은 혼자 남은 존재들이 되었다. 그것은 그리 오래전은 아니다. 홀아비들 가운데는 드물게 고령의 늙은이들이 있었고, 동시에 외로운 늙은이들이었다. 아니, 내 생각에 그들은 세르비아의 애국자나 광신적 애국주의자, 극단적인

---

30) 스페인 북동쪽에 있는 스페인과 프랑스의 바스크 지역.

정교회 신자, 왕족주의자나 오래된 체트닉[31] 그리고 심지어 전 나치 협력자는 결코 될 수 없었지만, 그렇다고 티토와 함께 파르치산 대원들, 그 다음에는 유고슬라비아 공무원들, 정치가들 그리고 기업가를 상상하는 것도 어려웠다. 단지 분명한 것은, 그들 모두가 거의 똑같은 손실을 입었다는 것과 그 손실은 배회하는 그들의 어두운 눈앞에 대단히 새롭게 나타난 것이다. 손실은 무엇일까? 손실? 잔인하게 배신당한 그런 것이 아닐까?

내가 세르비아 여행에서 실제로 물었던 몇 가지 질문 중 가장 빈번한 질문은 위대한 유고슬라비아가 새롭게 일어날 수 있다고 믿는지 여부였다. 거의 모든 응답자가 〉백년이 지나도〈 하며 믿지 않았다. 기껏해야 한 번 왔었는데, 〉어쨌든 우리는 더 이상 그것을 볼 수 없을 것이다.〈 작가 밀로라드 파비치는 예전의 부분 공화국이 다시 한 번 온다면, 경제 문제일 뿐이며 예를 들어 슬로베니아의 제품이 이전에 세르비아에서 얼마나 인기가 있었는지에 대해 이야기했다. 어느 것? 〉화장품. 슬로베니아 피부크림, 오!〈 80이 가까운 아버지 슬라트코스 씨가 모라봐 평야에 있는 그의 포로딘 마을에서 이렇게 말했다: 〉크로아티아와는 아니고, 슬로베니아와는 확실히 그랬다, 우리 세르비아인은 항상 큰 것을 생

---

31) Alt-Tschetnik : 제2차 세계대전 중 유고슬라비아 망명정부의 전쟁 장관이었던 미하일로비치가 세르비아 건설을 위해 조직한 군사조직.

산했고, 슬로베니아인은 작고 미세한 부분을 생산했으며 항상 서로를 잘 보완했다. 그리고 슬로베니아만큼 좋은 음식을 대접 받은 곳은 어디에도 없었다!≪ (그의 아내가 그 발언에 격렬하게 고개를 끄덕이는 유일한 순간이었다.)

안개가 걷힌 후 날씨는 맑고 따뜻했다. 한번은 유쾌한 즐라트코스 씨와 합류하기 전에, 우리는 급한 성격의 차르코와 함께 베오그라드의 시외에 있는 체문마을로, 그의 청소년 시절을 보냈던 지역으로, 그리고 이제는 그의 상상속의 고향 집으로, 수도 거주자들이 ≫가젤≪이라고 부르는 사바강의 다리를 넘어 시외로 운전해 갔다. 처음에 그가 우리에게 두 개의 옛날 가족 거실창문 (작은 지역 정치인이었던 아버지, 일찍 사망함) 을 보여주었을 때 같은 기분을 느끼기가 어려웠다. 그다지 높지 않았고 회 반죽을 칠한 임대주택, 길 가장자리에 보이는 포플러나무, 그가 학교 다녔던 길, 내 생각에 그렇게 여겨져서 말했지만, 그러나 언급할 가치가 있는 일이 일어나기에는 너무 짧았다. 그러자 대답: ≫하지만 돌아오는 길에는 우회로가 있었지요!≪ 두 개의 크고 깔끔하게 분리된 두 지역에 있는 체문마을의 과일 및 채소시장, 교외의 넓은 공간이나 강으로부터 뭔가 특별한 것을 느낄 수 있었다. (나는 사과 몇 개를 샀다. 왜냐면 단순한 호기심으로 외국시장을 돌아다니고 싶지 않았기 때문이다).

그리고 마지막으로 우리에게 앞서서 걸어가는 것을 허용한 친구의 안내로 작고 길쭉한 비더마이어의 집들 사이로 갑자기 두나브 강변으로 나왔다. 여기 강은 너무 넓어서, 오스트리아에서 온 같은 이름의 강(* 도나우. 세르비아어로는 두나브. 다뉴브는 영어 명칭)과 비교해보면, 저쪽 다른 해안에서 멀리 떨어진 물위에 더 많은 지역이 펼쳐졌고, 그것이 이 »두나브«를 비로소 실제적인 »강«으로 만들었다. (외형으로 판단할 때 항상 과장된 것처럼 보였던 오스트리아 애국가의 한 단어.[32]) 이 베오그라드 또는 체문의 도나우강에서 내륙의 물의 세계, 강의 세계가 우리 앞에 펼쳐졌다. 레스토랑이 있는 산책로에서 걸어서 수도로 돌아갈 수 있을 뿐만 아니라 배경에 배치된 흔들거리는 수백 척의 보트들이 정박해 있었고, 추위를 겨우 가려주는 통나무로 된 작은 배들도 있었다. 때때로 작은 엔진 소리, 고립된 인간의 목소리, 멀리 그리고 넓게 유일하게 들리는 소음이 튀어나왔다. 육지를 횡단하는 반대편 강변 기슭, 숲 가장자리에 수상 가옥들이 서 있었다. 그러나 대부분 물에 떠 있는 것들은 그저 물결 따라 제자리에서 흔들리고 있었다. 많은 장소에서 요리하는 연기가 피어오르고 있었다. 게다가 그날 오후 강에는 배가 다니지 않았다. 선박억류 상태였다. 이 강의 세계는 아마도 가라앉고 또 가라앉고 있는 습지로 오래된 세계지만, 동시에 17세기 네덜란드의 그림들에서는 본 적이 없는 세계의 풍경

---

32) 애국가의 제목 : 산들의 나라, 강들의 나라 Land der Berge, Land am Strome.

꿈꾸었던 동화의 나라와 작별

을 보여주고 있었다. 아직 알려지지 않은 문명으로 보이는 원시세계는 또한 꽤 매력적이었다. 그리고 우리는 강변 음식점 ≫사란≪[33]에서 같은 이름의 잉어요리를 먹었다. 황혼 무렵에 우리는 체문성(城)에 올라갔고, 그 사이에 한 노파가 악센트 없이 영어로 그곳으로 가는 길을 물었다. 그녀는 자기가 세르비아 출신이지만 세르비아 말을 할 줄 모른다고 미안해 했다. 저기 위에 있는 묘지의 묘비에는 사진 상으로는 사실, 여러 번 확대되어, 죽은 사람들의 얼굴이 각인되어 있었다. 대체로 부부들, 그리고 이 부부들은 나이가 들더라도 아주 어린 신랑 신부들로서 각인되어 있었다. – 아마도 그 사진이 그들의 유일한 공동 사진이었기 때문일까?

베오그라드(= 하얀 도시)로 돌아가는 길에, 보름달 아래서, 우리는 마침내 츨라트코를 만났다. 그는 너무 빨리 운전해 와서 헝가리에서 하룻밤을 지냈다고 했다. (그의 차는 호텔 근처의 주차장에 이미 안전하게 주차되어 있었다.) 그리고 우리 네 사람은 자정까지 ≫이마다나≪ (Ima dana = ≫Es gibt Tage …≪, 그날이 오리라 …. 세르비아의 노래 제목) 라는 레스토랑에서 유고슬라비아의 다양한 음악을 들었다. 같은 시간대에 텔아비브에서 이차하크 라빈[34]이 살해되었다. – 다음날 아침 야당의 신문인 나사 보르바(Nasa

---

33) 크로아티아어로 잉어.
34) Yitzhak Rabin (1922~1995) : 이스라엘 수상. 1995년 극우파 청년에게 암살당함.

Borba)의 헤드라인 표지에는 그의 흐릿한 모습이 화려하지도 않고, 요판(凹版)인쇄도 아닌 채 실려있었다. 밤늦게 집으로 돌아오는 길에 안개가 너무 심해서 행인들의 모습이 잘리고 찌그러진 것처럼 보였다. 그리고 놀랍게도, 베오그라드의 모든 도로에는 많은 행인들이 있었다. 그들은 아래 두 강에서 도시로 솟아오르는, 회색과 흰색의 안개 속에서 발걸음을 재촉하며, 어떤 곳에서는 다시 무질서하게 밀려들었다. 마지막 전차의 승객들이었다. 그리고 호텔 창문에서는 완전한 안개 속에서 어떤 것도 더 이상 포착할 수 없었다. 길 아래에 밝은 색으로, 여기저기 붙어있는 종이 조각도, 빗자루의 윤곽도 그리고 밤늦게 베오그라드의 도로청소부 손도 더 이상 포착할 수 없었다. 그리고 공식적인 세르비아 텔레비전 방송에는 밀로세비치 대통령의 작별 장면이 나왔다. 오하이오 데이튼 평화회담[35]을 위해 떠나기 바로 직전 장면이었다. 일련의 군인과 시민들도 출발지역으로 같이 걸어갔다. 그는 모든 사람들을 꽤 오래 안아주었는데, 항상 뒤에서만 볼 수 있었다. 몇 분 동안 그냥 뒷모습만.

츨라트코는 〉이마다나〈 – 음악을 통해 도시 스메데르보 (Smederevo) 옆을 흐르는 도나우강의 전설이 깃든 아름다운 곳에 대

---

35) 이 평화회담은 미국의 중재와 유럽연합의 참여아래 빌 클린튼 주도로 1995년 11월 21일, 미국 오하이오주 데이튼의 라이트 패터슨 공군기지에서 조인되고 1995년 12월 14일 파리에서 서명되었다. 서명자들은 세르비아 대통령 밀로세비치, 크로아티아 대통령 프란요 투드만, 보스니아–헤르초고비나 본부의장 알리야 이체트베고비치였다.

해 이야기했다. 그것은 그가 직접 체험한 것이 아니고 그곳 마을 학교에 다니면서 한 교사로부터 들었던 이야기라고 했다. 큰 강은 아주 조용히, 소리 없이 흘러가고 있었다. 다음날, 우리는 그의 (도난당하거나 긁히지 않은) 차를 타고 처음으로 세르비아로 더 깊이 들어갔다. 즐라트코에 따르면, 이곳은 세르비아에서 전형적인 남동쪽 지역이라고 했다. 가볍고 평탄한 언덕에서 넓은 지평선 (베오그라드에서 차로 한 시간 거리에 있는 아발라산, 〉도시 근교의 산〈, 비록 높지는 않았지만, 이미 하나의 현상처럼 솟아있었다. 마치 생 빅투아르산[36]의 아직 눈에 보이지 않은 풍경처럼). 대도시의 작은 마을이라고 불리는, 여러 구역의 농가로 구성된 밀집된 마을들. 그리고 야외 들판 사이에 있는 묘역들, 마을처럼 보이는, 〉죽은 도시들〈이 아닌, 죽은 마을들로 보이는, 그러나 소생되고 있는, 특히 지금 고인들의 추모일 시기에, 세르비아에서 며칠 동안 〉우리 모두〈 기념을 했다. 그곳에 죽은 자들에게 음식을 가져와 무덤에서 함께 먹고 마시기 위해서였다. 눈에 띄게 비옥한 기름진 농경지에는, 그리고 가장 뒤쪽 물결모양의 경작지에 이르기까지, 일상생활에 필요한 모든 것이 자라고 있었다. 옥수수, 해바라기, 곡물들은 오래전에 수확되었고, 이곳저곳에는 단지 어둡

---

36) 한트케는 프랑스 인상주의 화가 폴 세잔이 그린 생 빅투아르 산의 연작에 매료되어 그 산을 직접 찾아보고 이를 『생 빅투아르 산의 교훈』(Die Lehre der Sainte-Victoire)이란 책으로 1980년에 슈르캄프 출판사에서 출판했다.

게 빛나는 포도나무 껍데기만 걸려 있었다. 그리고 벤진과 디젤유 판매업자들은 그들의 기름통, 병들 혹은 작은 병들을 가지고 어디든 다녔다. ― 루마니아가 배달 장소였다. ― 그리고 마치 끊임없이 흔들리는 행렬처럼, 전국을 가로세로 걸어 다녔으며, 보스니아와 크라지나에서 온 난민들뿐만 아니라 특히 원주민들, 얼마 전까지만 해도 중앙유럽에 사는 »우리« 주변의 마을 사람들은 멀리 있는 병원이나 주간 시장으로 가기 위해 지선도로를 넘어 차가 거의 다니지 않는 고속도로 위로 (비싼 통행료 때문에, 특히 외국인에게) 걸어 다녔다.

스메데레보에서 중세의 강변요새 뒤에 있는 도나우강까지 걸어갔다. 그 요새는 제2차 세계대전 중 독일 점령군들에 의해 절반이 공중으로 날아갔다. 그리고 밝고 넓게 빠른 속도로 흐르는 물에선 아무 소리도 들리지 않았다. 그 강변에는 내내 조용한 졸졸 소리, 골골거림, 꾸르륵 소리도 투덜거림도 없었다. 그리고 마을로 돌아가는 길에서 한 노인에게 길을 물었다. 그는 길을 몰랐다. 그는 크로아티아 동부의 도시 크닌에서 온 난민이었다.

그날은 세르비아에서 어두워지기 전에 처음으로 눈이 쌓인 채 꽤 추웠던 날이었다. 하지만 다음날, 또 한 번 마지막으로 늦가을 온화함과 바람이 없는 태양이 나타났다. 우리는 평화회담에서 이야기되었던 베오그라드에서, 며칠 동안 우리를 위해 파티 준비를 해주었던 즐라트코의 마을주민들에게 가기 전에, 수도의 시장을 지나 또 다른 길로 걸어갔다. 그곳은 중심부에서 천천히 사바강 쪽으로 내려가는 테라스 언덕길이었다.

적지 않은 보고서에 의하면 세르비아 민족은, 그곳 마피아가 아니라면, 터무니없는 일들, 즉 구부러져 상한 손톱부터 얇은 비닐봉지, 그리고 빈 성냥갑상자에 이르기까지 거래를 시도하는 다소 우스꽝스러운 사람들이었다. 하지만, 지금 보이는 것처럼, 거기에는 많은 아름다운 것, 즐거운 것, 그리고 ― 왜 할 수 없단 말인가? ― 사랑스러운 것들을 살 수도 있었다. 담배를 피우지 않는 사람에게는 말하기가 어렵지만, 예를 들어 시장 판매대나 혹은 더 작은 판매대 위에 얇게 썬 담배 무더기들의 향기롭고 윤기가 흐르는 모습은 보기만 해도 구미가 당겼다. 시장에서 첫눈에 보아도 단조롭고 일률적인 유고슬라비아 빵들, 색깔이 짙고 덩치가 큰 꿀 항아리들, 칠면조 크기의 수프용 닭고기들, 다른 노란색 선인장국수 또는 왕관국수 그리고 맹수처럼 주둥이가 큰 민물고기, 이들을 나는 자주 동화 속 민물고기로 알고 있었다. 그러나 이러한 시장바닥에서, 궁핍한 시기에 가장 결정적이고, 가장 인상적인 것은, 맛있는 먹을거리뿐만 아니라 실제로 거의 쓸모없는 것들도 많이 있었다. (누가 알 수 있을까?) 생동감 있고, 쾌활하고, 가볍고, 활기차고 익살스럽고, 심지어 의심스럽고 절반은 속여서 거래되는 판매와 판매 과정도 있었다. 일반적으로 우아한 손가락 움직임은 시장 여기저기서 재빠르게 이루어졌다. 단순한 돈벌이를 위한 허접한 물건, 여성용 토시 그리고 필수적인 것 등 작고 작은 게다가 셀 수 없이 많은 다양함 속에서 자연스럽고 대중적인 거래의 욕구가 생겨났고, 그것을 같이 누리는 우리도 즐거웠다. 예를 들어, >잡화용품들<이라는 이런 단어들이 다시 의미를 갖게 되었다. 거래를 칭찬하라 - 이런 걸 너는 기대나 했는지 (주문이라도 해봤는지)? - 그리고 나에게는 심지어 국가 분할의 욕망이 떠올랐다. - 아니, 전쟁이 아니라 - 서구 또는 다른 나라의 모든 상품과 독점권에 대한 접근 불가능이 지속되기를 바라면서.

포로딘 마을로 가는 길에 우리는 마침내 수없이 많이 찬양되고 또 확실하게 터키전쟁이나 발칸전쟁을 통해 상징적 역할을 했고, 상징적인 강바닥으로 언급되었지만, 지금은 그저 단순히 가을철 물이 부족하고 바위들이 보이는 모라봐강을 건너갔다. 자동차 다리 옆에 있는 마차와 보행자가 다니던 옛날 도로는 반쯤 허물어져 있었다. 포로딘은 유럽에서 가장 긴 도로변 마을 중 하나로서 여러 개의 작은 중심부가 있는 일종의 마을국가가 펼쳐져 있었다. 사실, 그 지역에는 이 마을국가들이 서로 멀리 떨어져 여기저기 존재하고 있었다. 그 중 한 곳의 혼합 상품 가게에서 우리는 아주 잠깐 머물렀다. 그곳에서 점심시간에 몇몇 마을 사람들이 맥주를 마셨다. 제한된 기간 동안 대부분의 사람들에게 카페는 너무 비싸게 되었고, 그래서 가게는 술집으로 변했던 것이다. 집 맞은편

꿈꾸었던 동화의 나라와 작별

에는 검은 천이 펼쳐져 있었고, 그곳은 한 어린아이가 최근 마을 도로변에서 폭주하는 자동차에 의해 사망한 곳이다. 그때, 한 젊은 남자가, 농부의 작업복을 입고, 분노한 눈초리와 쑥 내민 입술로 상점에 들어왔는데, 우리 모두는 그가 아이의 아버지라는 것을 알았다.

집, 농장 그리고 즐라트코 부모님의 넓은 대지는 ─ 사실, 오래 전에 그들의 유일한 외국에 있는 세르비아인 아들에게 양도한 ─ 포로딘의 가장 뒤쪽 끝에 있었다. 7개의 산들이라기보다는 7개의 활모양으로 굽은 부분에 처음에는 울타리를 두르고 손질한 어머니의 작은 정원이 양쪽에 있었고, 이어서 진흙으로 만들어진 창고와 외양간이 있었다. 밭과 포도밭에는 짚이 깔려 있었고, 대개는 멀리 떨어져 있었다. 그 주거공간들은 다양하고 이해하기 어려운 방식으로 건축되어 있었고, 도처에 새로운 것이 옛것의 옆이나 위에 부착되어 있었으며, 심지어 그 중 일부는 물론 완성되어 있었다. 이곳은 부자가 되어 고향집으로 돌아오는 노동자들에게 익숙했다. 이러한 부속 건물들 중 하나는 밝은 색의 긴 타원형 탁자 주변에 잘츠부르크식 우아함이 반짝이는 새로운 의자들이 놓여있는 전혀 시골풍이라고 할 수 없는 텅 빈 회의실 그리고 3개의 모서리가 있는 층에는 바로크식 파란색 타일로 꾸민 욕실이 손님을 기다리며 모습을 드러냈다. 아버지도 어머니도 믿었던 적이 없었던, 옛것과 새것이 겹쳐있는 이 낡아빠진 곳을, 누구를 위해 생각했던 것일까? 주거구역 여기저기서 작은 부엌 소파에 부딪히지만, 부모님 침실이나 더블베드 같은 곳은 어디에도 없었다. ≫부모님들은 어디서 주무세요, 츨라트코?≪ - ≫모두가 지금 있는 곳, 한분은 여기, 한분은 저기, 아버지는 대개 지하실에서 주무시고, 어머님은 대개 위층 텔레비전 옆에서 주무십니다.≪

음식으로는 닭고기 수프와 꼬챙이에 꽂아서 구운 새끼돼지고기 그리고 ≫세르비안≪ 양배추 샐러드가 있었고, 길 건너편 언덕에는 직접 만든 색깔이 짙고 맛이 뛰어난 와인이 있었고, 마지막으로 황혼녘에 보이는 것은 하늘에 떠 있는 양털 같은 뭉게구름들이었다. 그 사이 나는 아버지와 어머니 그리고 귀향한 아들의 이야기를 긴장해서 듣고도 아무것도 이해하지 못했다. - 그것이 도대체 세르비아어인가? 아니, 그 가족은 대부분 마을 주민들의 오락 언어이자 은밀한 언어인 루마니아어로 무의식적으로 옮겨갔고, 포로딘은 그러한 언어 섬으로 알려져 있었다. 하지만 그들은 자신들을 세르비아인이라고 느꼈을까? 물론이지요. - 당연히 그렇지요. 우리는 과일을 담아 파는 납작한 상자 하나를 들고 베오그라드로 돌아왔다. 상자 속에는 포도가 들어 있었다. 도시로 들어가는 입구에서 우리는 번갯불이 치는 것을 보았다.

세르비아에서 유일하게 공식적인 이 날, 남부 산악지대에 있

꿈꾸었던 동화의 나라와 작별

는 민족의 성지 스투데니차의 중세 교회와 수도원[37]으로 가는 길에 접어들었다. 내부로 혹은 외부로의 여행이었다. 우리는 유명한 작가 밀로라드 파비치의 사교모임에 참석했다. 그는 훌륭한 노신사로, 지금까지 글을 써왔지만, 첫 번째 성공을 50세가 넘어 달성했다. 세르비아의 바로크 전문가로 프랑스 소르본느 학부와 내가 알기로는 미국의 프린스톤대학에서 문학 교수로 활동했다.

아침에 베오그라드에서 출발할 때 첫눈이 내렸다. 11월의 눈이었다. 많은 나뭇잎들이 땅에 떨어졌고, 바람에 휩쓸려서 튼튼치 못한 유고슬라비아의 우산들이 뒤집어졌다. 눈이 점점 심하게 내리자, 국민작가의 요청에 따라, 음료수를 마시기 위해 고속도로 휴게소에서 멈췄다. 물론 고적한 휴게소에서 작가가 권하는 뜨거운 물을 추가로 들면서. 그는 5시간 동안 이동 중 거의 모든 사람들을 ≫고스포딘 파비치≪(* 특히 알지 못하는 남자를 부르거나 가리킬 때 씀. 신사. 선생님)로 불렀다. (세르비아인들은 TV뿐만 아니라 독서도 해야 된다.)

크라구예비치, 크랄예보를 지나 – 중부 세르비아의 꽤 큰 도시들인데, 서남쪽에 있는 또 다른 세르비아 지역으로 향했다. 산이 많고, 협곡도 많고, 거의 사람이 없는 곳으로, 이곳저곳은 민둥산 주변의 카스텔(* 성채) 유적지이었다. 에스파냐의 고원지대 메세타

---

37) 세르비아 베오그라드 남쪽에 있는 수도원. 그리스 정교와 국가의 전통과 민족의식의 유대를 강하게 상징하는 13세기 종교 건축물. 1986년 유네스코 세계문화유산으로 지정.

에 버려진 카스티요(* 성)와 비슷했다. 점차로 나는 눈에 띄는 장소나 풍경을 미리 알려고 누구에게나 추측으로 소리를 질렀다. 내 이웃은 차 뒷좌석에서 이미 그것에 대해 무엇인가를 글로 썼는데, 거의 항상 올바르게 추측했다. 심지어 이곳 마을 교회에 대해서는 산문을, 저곳 산간에 흐르는 물에 대해서는 시를 지었다.

수도원을 향해 산위로 올라갔을 때, 슈트데니차를 따라 흐르는 인적 없는 개천은 (얼음처럼 물이 차가운) 더 깊고 매섭게 추운 겨울이 되었다. 그 개천은 거의 모든 날들을 우리를 기다렸던 것 같았다. 고대 비잔틴 성당 위로, 해발 천 미터 가까이 있는 높은 계곡으로, 세르비아에서 느낄 수 있는 아주 먼 바다 위로, 눈송이들이 오래전부터처럼 흩날리고 있었다. 나는 성당의 프레스코화(畵)에서 오흐리드(* 마케도니아의 도시), 스코페(* 마케도니아의 수도), 테살로니키(* 그리스의 도시)에서 온 동로마 교회의 둥근 저녁 식탁 그림을 다시 보았다. 예수님과 사도들이, 마치 천문학자 프톨레마이오스의 지구본 주위에 모여 있는 것처럼 둘러앉아 있었다. 그리고 세례자 요한에게서는 체 게바라가 그의 가슴에 아주 작은 총구멍 흔적을 가졌듯이, 가슴털이 가볍게 살랑거리는 젖꼭지를 볼 수 있었다. 쌀쌀한 마당 저편, 수도원 객실의 빵 굽는 하얀 오븐 같은 난롯불 곁에서, 수염을 기른 정교회의 수도원장이 자연스럽게 과자를 내놓고 우리를 환대한 후, 뜨거운 물을 탄 자두 술 (또는 물을 타지 않은 자두술!) 을 한 잔씩 주고 그리고 심지어 수도원에서 담근 술을 권하기도 했다. 그리고 수도원 아래쪽에 있는 호텔 레스토랑의 창문으로 눈보라가 몰아치고 있었다. 그뒤 산 절벽들은 이미 이른 겨울의 어둠이 깃들었고, 난방이 안 된 식당은 신발상자 크기의 전기스토브가 가볍게 온기를 내뿜고 있었다. 축축함, 방치, 고립. 그리고 동시에 나는 세계에서 가장 먼 곳에 있는 이곳에서 아주 캄캄한 밤을 보내고 싶었다. 그런데 눈이 우리가 돌아가는 길을 막을 수 없다는 사실에 몹시 실망했다.

내가 아내 세민에게 한참 후에 ─ 모두가 공식적인 모임에서 자유로워졌을 때 ─ 조용히 뭔가 준비해온 것이 없느냐고 물었다. 그녀는 잠시 후 크레페와 팔라칭켄을 가지고 차가운 숙소로 왔다. 그것이 차갑게 엄지손가락 두께로 식탁에 내놓아졌을 때 파비치 씨는, 세르비아 사람들은 크레페 만드는 일을 결코 배울 수 없을 것이라고 말했다. 그러자 나도 역시 어떻게 그 작가가 규칙에 어긋나게 그의 책에서 물에다 포도주를 섞었다는 (반대로 하는 대신) 것을, 그리고 그것은 단순한 물이 아니고 광천수라고 설명했던 것이 생각났다. 그리고 한번은 오랜 시간 차를 타고 오면서 그는 세르비아 망명 왕에 대해 언급했다. 왕은 (유고슬라비아 붕괴 이후) 그의 모국어를 훨씬 더 잘 구사했고, 왕족회의 회원인 그는 점점 더 자주 런던으로 초대되거나, 그들은 그리스에서 만나기도 했다는 것이다. ─ 그러자 나는 오스트리아의 캐른텐주(州)에 살았던 나의 슬로베니아 할아버지에 대해 이야기했다. 그가 1920년 주민투표[38]에서 새롭게 건국된 유고슬라비아에 찬성투표를 했던 것과 내가 그의 결정을 1918년 작은 독일로 축소된 오스트리아에 반대해서 슬라브 민족을 위한 것으로 생각했던가를 - 그리고 그 이후로 내가 어떻게 그의 결정이 합스부르크 제국의 멸망 후, 공화국의 선포와 함께 황제나 왕을 갈망하거나 필요로 하지 않고, 왜 남슬라브 젊은 국가에 그의 마음이 끌렸는지!?에 대해 의문을 가졌었다고. 그날 나는 베오그라드에서 42세의 작가인 드라간 벨리키치와 저녁을 약속했다. 그와는 전쟁 몇 년 전에 슬로베니아 카르스트에 있는 리피차에서 만난 적이 있었다. 나는 그가 쓴 두 권의 짧은 소설에 대해서도 알고 있었다. 한 권은 〉풀라 가도(街道)〈라는 책인데, 크로아티아의 풀라에 사는 세르비아의 한 젊은이에 대한 이야기로, 주인공은 꽤 자유롭고, 두 번째나 세 번째 삶으로의 반복적인 전환이나 전망을 가지고 있었다. 그 다음은 내가 여행에서 돌아온 후에야 읽었던 〉메리디안의 화가〈가 있다. (둘 다 오스트리아의 클라겐푸르트에 있는 비져 출판사에서 나왔다.) 후자는 분열된 유고슬라비아에 대한 매우 험난한 역사 이야

---

38) 주민투표는 1920년 10월 10일 연합군의 감시 하에 이루어졌는데 투표구역이 유고슬라비아의 관할이었고 슬로베니아어를 사용하는 주민들이 다수였음에도 불구하고 주민의 59.04%가 오스트리아에 찬성을 했다. 페터 한트케의 외조부가 유고슬라비아 쪽에 찬성을 했던 그리펜 지역에서는 1,786명의 투표자 중 77.2%가 오스트리아에, 22.8%가 유고슬라비아에 투표를 했다. 이러한 분위기 속에서 많은 사람들이 한트케의 외조부에 대해 분노했고, 그 이후부터 그가 공적인 사건에 대해서는 나서지 않고 거의 침묵으로 일관했다는 것은 쉽게 짐작할 수 있다. 한트케의 외조부 댁은 이렇게 이중 언어 지역에 속했으며 집과 교회에서는 슬로베니아어를 사용했다. - 「페터 한트케 연구」. 윤용호. 고려대학교 출판부 1995 S.121.

꿈꾸었던 동화의 나라와 작별

기이다. – 이야기한 것과 이야기된 것이 서로 작용하며, 마지막으로 ＞책＜ 그리고 ＞나라＜와 더불어 제3자가 나타난다. 벨리키치는 특이하게 쓴다. 지리와 역사 속에서 나(Ich)와 그에 상응하는 분열된 나(Ich) 사이의 충돌에서 글을 쓰는 특이한 작가다. 분열된 나도 동시에 최소한의 ＞나!＜다. 이것이 책의 핵심내용 또는 분단된 물건과 분단된 구절을 함께 결속시키는 주춧돌이다.

예를 들어보자면. ＞무덤으로서의 삶. 수세기 동안 바람의 회전지점에서 이미 비단 끈을 가진 교활한 내시, 뱀눈을 한 수도승 그리고 수염을 기른 교회 불복자가 서로 대치하고 있는 나라에서 다른 방법은 있을 수가 없다. 오직 속임수에 의해서만 그들은 함께 모일 수 있다.＜ 또는: ＞유럽 도시들에서 근근이 살아가던 (1995) 베오그라드의 젊은이들은 90년대 초반 크로아티아와 보스니아의 전쟁 동안 도망을 갔다. 사람들이 그들을 잊게 된 것은 그들의 운명이었다. 왜냐하면 투쟁하는 정당들, 전투견(犬)들은 이름이 뭐든 간에 같은 부족 출신이고, 얼마나 많은 손가락을 가지고 서로를 십자가에 못 박을지 알 수 없기 때문이다. 그들이 서로를 십자가에 못 박을 때.＜ 그리고: ＞녹색 성벽에서 수년을 보낸 잠든 스콜피온(* 전갈)처럼, 그는 (주인공은) 실현되지 못한 삶을 꿈꾼다. 상속받은 혈관을 진정시키는 것은 불가능하다.＜

그날 저녁 늦게 베오그라드에 작가 드라간 벨리키치가 나타났다. 나는 그를 강하고, 열정적이고, 또 주의 깊고 신망이 두터운 사람으로 기억하고 있었는데, 처음에는 다소 우울하고 사기가 떨어져 보였다. 거의 기운이 없어 보였다. 우리가 만난 장소조차 올바르지 않았을 수도 있었다. 개인 주소가 작은 출판사로 밝혀졌기 때문이다. 그곳에서 벨리키치와 같이 생활하고 있는 다른 사람들이 그들의 의지와는 반대로 정치적 음모자의 인상을 하고 기다리고 있었다. 그리고 늦은 시간에 이웃 주점들 중 한 곳도 갈 곳이 더 이상 없었기 때문에, 이상하게도 사건조서를 꾸미는 것처럼, 그 모임은 그날 밤이 깊도록 계속되었다. 보스니아 전쟁에 대해, 보스니아-세르비아의 상황에 대해, 세르비아-세르비아의 상황에 대해 일종의 순환적인 토론이 이루어졌다. 그러다가 우리는 오랫동안 말없이, 예민하고, 어찌할 바를 모르고 아주 오래된 커다란 프라스카티(* 이탈리아 포도주) 와인병 옆에 앉아 있었다. 그곳에는 또 최근의 국내산 백포도주가 있었는데, 훨씬 더 입에 맞았다. 드라간 씨는 심지어 팔리치[39]의 유명한 리슬링포도로 만든 포도주도 가지고 있었다. 그러자 주위의 침묵은 그렇게 오래 가지 않았다. 포도주는 꽤 오래된 것이었다. 상표에서 슬로베니아와의 작은 전쟁(*1991년 6,7월)이나 커다란 다른 전쟁 후인 1990년이 수확한 해라는 것은 믿기가 어려웠다.

가장 끔찍하거나 수치스러운 순간은 누군가가 보스니아에서

---

39) Palić는 세르비아와 헝가리 경계지역에 있는 세르비아 땅.

전쟁 기념품을 가지고 돌아다닐 때였다. 지난 가을에 세르비아 공화국을 향해 발사된 ›토마호크‹—로켓을 조종하는 장치였다. 이것은 럭비공 크기의 무거운 강철판으로 반구형, 원형, 소형 피라미드 모습이었다. 탄환이 목표에 닿기 직전에 헛되이 떨어졌던 것이다. 그리고 사람들은 (사실, 미국 공군의 진짜 원산지 표지를 가진) 기념품을 보스니아에 있는 세르비아인들의 중심지인 바냐 루카(* 스릅스카 공화국의 수도)에서 구입했을 것이다. 하지만 그 사건을 가까이에서 보는 대신, 나는 갑자기 우리 모두가 어디에서도 함께 있지 않았다는 것을 느꼈고, 이제는 더 이상 말할 것도 없다는 것을 느꼈다. 그리고 나만 그런 게 아닌 것 같다고 생각했다. 다행스럽게도 작가 벨리키치에게 풀라와 이스트리아[40]에 대해 물어보고 싶은 생각이 떠올랐다. 그는 다른 사람들과 마찬가지로 편안히 이야기했다. 그가 전세 들었던 집은 크로아티아 군에 의해 점거되었고, 한 장교가 그곳에 살고 있는데, 자신은 여기 베오그라드에서 살면서 그쪽 집세를 계속 낸다고 했다. — 강렬한 짧은 웃음 — 왜 그렇지 않겠는가? 그리고 크고 작은 장소들에 대한 일반적인 대화에서 계속 활기를 띠었다. 예를 들어 비엔나 같은 곳이다. 지난여름 그들이 체류했을 때, 그의 어린 아들이 비엔나의 모든 지하철역의 환승 가능성을 외웠다고 했다. 또 바이에른의 지

---

40) 항구도시 Pula는 Istrien 반도의 돌출부 끝 부근에 있으며, 크로아티아에 속함.

하철역 필드아핑에 대해서도 대화를 나누었다.

그리고 나서 점차 현재의 유고슬라비아로 넘어가게 되었다. 특히 우리 중 한 사람이, 세르비아 권력자들이 코소보에 있는 알바니아인들을 억압하고 크라지나 공화국[41]을 쉽게 승인하는 것에서부터 그들 민족에 대한 현재의 비참함에 대해 얼마나 유죄인지를 생생하게 밝혀냈다. 그것은 분노였고, 어떤 의견발표가 아니었다. 그저 뒷방에 있는 어떤 문화써클의 단순한 반대 목소리가 아니었다. 그리고 이 세르비아인은 오직 자신의 고위층에 대해서만 이야기했다. 전쟁의 다른 개(犬)들은 마치 그들의 행동에서 홀로 하늘이나 다른 곳으로 소리치는 것처럼 제외되었다.

하지만 이상하게도: 나는 이 사람 앞에서 공식적이거나 계획적인 어떤 것도 느끼지 못했지만, - 그는 공식성명을 발표하는 대신, 분노로 심하게 고통을 받았다 - 나는 그의 고위층의 저주를 듣고 싶지 않았다. 여기, 이 방에서, 그리고 이 도시와 이 나라에서 듣고 싶지 않았다. 전쟁을 일으킨 후 평화를 이야기하는, 그리고 외국의 완전히 다른 힘들에 의해 평화가 결정되어지는 지금은 아니다. (그가 작별인사를 할 때 나를 껴안은 것은 그가 이해했기 때문이라 생각했다. 그런데 지금은 오히려 정반대가 아닌지 궁금했다.)

---

41) Krajina Republik (주 36 참조)

　꿈꾸었던 동화의 나라와 작별

3

여행 2부

───

그후 우리 여행의 마지막 부분이 시작되었다. 그리고 이 여행은 때때로, 아니 계속 모험적이 되었다.

우리는 아직 11월의 낙엽이 뒤섞인 베오그라드의 짙은 눈보라 속에서 호텔 〉모스크바〈를 뒤에 두고 보스니아로 가는 국경선으로 갔다. 세민은 아침에 프랑스로 돌아갔다. 아이들이 만성절 (11월 1일. 모든 성인들을 추모하는 날) 의 휴가를 지내고 다시 학교로 가야했기 때문이다. 이제 우리는, 즐라트코, 차르코 그리고 나는 즐라트코의 차를 타고 드리나 강변에 있는 바지나 바스타로 가는 길을 찾아갔다. 그곳에는 차르코의 전 부인이 두 딸과 함께 살고 있었다. 그래, 찾아갔다. ─ 왜냐면 아버지는 그 구간을 아이가 18년 사는 동안 끊임없이 차를 타고 다녔지만, 지금은 어느 길도 낯익은 길이 없었다. 그는 항상 버스를 타고 다녔기 때문이다. (세르비아의 특별카드들은 현재 쓸 수가 없었다.)

하지만 수도를 떠나기 전에 이곳에서, 사람들이 하는 말에 따르면 〉세계에서 가장 많은 주유소가 있는 나라〈에서 처음으로 차에 기름을 넣어야 했다. - 양철통이나 플라스틱병으로 주유하는 업자들이 시외로 빠지는 간선도로의 가장자리에 자리를 잡고 있었다. 주유를 끝내고 그곳에서 가졌던 나의 첫 인상은, 적록색 액체는 느리고 잘 보이는 넓은 빛줄기처럼, 매우 조심스럽게 움직이는 손에 의해 연료 주입구에 부어졌는데, 그런 것을 처음 본 것 같은 생각이 들었다. 마치 아주 희귀하고, 가치 있는, 지하지원 같은 것을. - 그리고 다시 말하지만, 이런 식의 급유들이 오랫동안 계속 될 것이라는 내 기대에 이의를 제기할 수는 없었다. 심지어 다른 나라의 업자들에게 넘어갈지도 모르는 일이었다. (그후 우리는 우리에게서 뭔가 의심스러운 것이 순찰경찰에 의해 감지된 것 같았다. 왜냐면 운전하는 〉즐라트코 보〈는 - 세르비아 운전면허에 따른 이름이고 - 자동차의 주인이름, 〉아드리안 브르〈는 - 오스트리아 승인증(承認證)에 따른 이름이어서 - 지적을 받았다. 그러나 과중한 처벌은 받지 않았다. 두 개의 이름이 같은 사람으로 밝혀졌더라면, 모든 것이 무사히 지나갔을 텐데.)

드리나강을 따라 우리의 여행은 남서부 쪽으로 넓은 평야를 지나 아주 오랫동안 단조롭게 달렸다. 차르코에 의하면, 그곳이 그

꿈꾸었던 동화의 나라와 작별

의 고향인 (동세르비아 출신인 즐라트코의 처음 날들과는 달랐다.) ˃전형적인 세르비아˂ 마을이었다. 시골에는 짙게 눈이 내렸다. 그리고 세 번째로 헤매다가 – 일요일 밤 거리의 몇 사람에게 길을 물었을 때, 그들은 이미 술이 취해서 말이 없었다. – 미지의 이름 없는 중간지역에서, 우리가 목적지에 가기 전에 지나칠 수밖에 없는 ˃크고 울창한 산들˂ 앞에서 이미 어두워졌다. 목적지에 더 이상 도착하지 못하게 되었지만, 우리는 국도변 식당에 들려 휴식을 취했다. 그곳에는 이전 티토의 사진이 걸려있던 자리에 제1차 세계대전의 세르비아 영웅 장군의 사진이 걸려 있었다. 식탁 위에는 어제의 신문인 베체르니 노보스티(Vecerni Novosti)가 있었는데, 1면에는 일주일 내내 커다란 단어 MNP, MIR, FRIEDE 등이 자리를 차지할 것이다. (그것에 대해 나는 독일 어떤 신문에서도, 1945년이 그렇게 기념비적으로 나타날 수는 없을 것이라고 생각했다.)

길 잃은 이야기들에서 자주 듣듯이, ˃어떻게든˂ 우리는 산을 넘어가는 길의 출발점인 발레보시(市)에 도착했다. 이곳은 딕켄(울창한) 산이란 뜻의 ˃데벨로 브르도˂로 불렸다. 그리고 바지나 바스타의 위치는 1,000미터의 높이에 있었다. – 그곳을 우리의 운전자는 점점 더 긴 밤의 폭설 속으로 차를 몰고 가면서 ˃바야의 정원˂으로 통역했다. (= 바야는 터키에 대항했던 세르비아의 영웅.) 오르막길은 점점 하얗게 변했고, 가벼운 브레이크 시도에도 바퀴들이 미끄러졌고, 날은 점점 어두워졌다. 집이나 다른 차에서도 불빛이 꺼졌다. 베오그라드의 야간 버스가 발레보에서 정차되고, 승객들은 그곳 산 밑 마을에서 밤을 보냈다는 것을 다음날 알게 되었다.

아스팔트가 깔려있지 않은 긴 중간 구간에는, 구덩이가 패인 자국들이 여기저기 보였고, 그 사이를 우리 운전자가 마치 자동차 경주에서처럼 이리저리로 피해서 지나갔을 때, 우리는 동시에 기분이 좋았다. 벌거벗은 땅에는 눈이 거의 남아있지 않았기 때문이다. 그날 아침 우리의 길안내자는 텔레비전의 일기예보에 따르면, 발레보와 같은 곳에서는 눈보라가 더 이상 나타나지 않을 것이라고 했다. 지금 이 순간, 긴 곡선 길에는 점점 더 많은 눈이 내리고 있었다. 약간 높은 곳에서 바람이 불어왔고, 이어 거친 산바람이 불어오기도 했다. 그 거친 산바람은 눈송이들을 모래언덕으로 휩쓸려 날아가게 했고, 여기서는 낮게 계속 이동하고, 여기서는 머물러 단단해지면서, 좁은 도로 위를 가로질러 날아갔다. 유럽 챔피언다운 균형감을 가지고 카드플레이어와 여인숙 간판장이는 심지어 가파른 곳에서는 기어를 바꾸기도 하면서 길을 조정하기도 했다. 다시 되돌아갈 수는 없었다. (이 또한 모험 이야기에서 나온 표현이 아닌가?)

때때로 다른 친구가 눈을 똑바로 뜨고 앞을 보면서, 대화를 바꾸어 보려는 발언을 했지만, 주의를 끌지는 못했다. 그리고 딕켄

꿈꾸었던 동화의 나라와 작별

산을 넘어가면서, 아마 한 시간 동안 우리 셋 중 누구도 한 마디도 하지 않았다. 체카의 노래도, 세르비아의 민속음악가수 토조박의 노래도 더 이상 들리지 않았다. 천천히 휘어지는 전조등의 불빛 속에서 산등성이에 쌓인 눈과 양들을 보호하기 위해 만들어놓은 울타리들이 보였으며, 점점 더 암벽들의 모습이 들어났다. 그리고 내게는 지금 자동차가 점점 꼼짝 못하고 멈춰 있다는 생각이 들었다. 어느 쪽으로 가야 할까? 그리고 제대로 된 모자나 신발도 없이 얼마나 멀리 갈 수 있을까? 긴장되는데! 어지럽게 내리는 눈발 사이로 번개가 치지 않아서 아쉬울 정도인데, 강풍에 눈보라가 휘날리는 어두움을 발칸반도의 높은 산중에서 겪게 되었고, 불안감은 공포로 변할지? 아니면 희망으로 변할지?

>하여튼<, 우리는 아주 느린 속도로 그 길을 따라 아래로 내려왔다. 주변 들판에는 조용하게 눈이 내리고 있었다. 그리고 눈은 심지어 여기저기 찻길을 자유롭게 만들었다. 그래서 우리의 운전수는 어두운 계곡사이의 평지 어딘가를 가리키면서, 인간의 생각에서 나온 첫 문장을 흥분해서 외쳤다. >저 아래에는 드리나가 있고, 저 아래에는 바지나 바스타가 있을 것이고, 그 뒤는 보스니아일 겁니다.<

그후 겉보기에 일요일 저녁같이 조용한 유고슬라비아 지방도시의 밝은 중심가에 있는 아파트 문 앞에서 초인종을 눌렀다. 그곳은 전혀 아는 곳이 아닌데 익숙한 무언가가 있었다. (그리고 나도 그 비슷하게 30년도 훨씬 전에 크로아티아에 여자 친구 집의 문 앞에 도착한 적이 있다는 것을 이제야 생각했다.) 세 개의 밝은 방이 있었다. 세르비아에서는 드문 경우인데 방도 따뜻했다. 다시 환영만찬이 벌어졌다. 잔과 함께 테이블스푼이 놓여졌다. 집주인은 이전에 베오그라드에서 고고학을 전공한 학생이었는데, 지금은 도시 근방에 있는 드리나 발전소에서 비서직을 수행하고 있는 가정주부였다. 딸아이의 방에는 유일하게 젊은 제임스 딘의 포스터가 걸려있었다. 사르마(* Sarma : 고기를 양배추에 만 요리), 카지막(* Kajmak : 버터크림치즈), 스메데레보에서 만든 빵과 와인이 준비되어 있었고, 발칸 농가의 촘촘하게 쳐진 커튼 사이로, 또 커튼을 통해, 다른 유사한 여러 겹의 주택을 경계로 해서 눈이 계속해서 내렸다.

바지나 바스타 출신인 토박이 집주인 올가(* 차르코 라다코비치의 전부인)는 세계의 모든 영화에 대해선 거의 알고 있었지만, 전쟁과는 1킬로미터 정도 떨어진 이곳에서 전쟁에 관해 거의 아무것도 알 수 없었다고 말했다. 시체 무리가 끊임없이 드리나강을 따라 흘러내렸다고 하지만, 그녀는 이것을 직접 눈으로 본 사람은 아무도 없다고 했다. 어쨌든 강에는, 전쟁이 일어나기 전 여름에는, 수영객들이 가득했고, 세르비아 강변과 보스니아 강변에서, 가고 오고, 오고 가고 했는데, 이제는 더 이상 수영도 하지 않았고, 당연히 유람선 운행도 중단되었다. 그녀와 그녀의 딸은 보스니아에서

꿈꾸었던 동화의 나라와 작별

스플리트[42] 그리고 특히 두브로브니크 그리고 아드리아까지 함께 여행하는 것을 매우 소망했고, 그녀가 가장 좋아하는 보스니아 마을인 비셰그라드 출신이라도, 이슬람 친구들과 함께 있는 것을 몹시 싫어했다. (이보 안드리치[43]의 장편소설 『드리나강의 다리』가 그곳을 그리고 있다.) 아니면 근처 가까운 곳에 있는 스레브레니차의 이슬람 친구도 마찬가지이었다. 그리고 그녀는 1995년 여름 스레브레니차[44]에서 수천 명이 살해되었다는 것이 사실일거라고 확신했다. 작은, 훨씬 작은 곳에서, 그렇게 보스니아 전쟁이 있었을 것이라고. 어느날 밤 무슬림 마을이 살해됐고, 그 다음은

---

42) Split : 크로아티아의 달마티아 지방에 있는 항구 도시. 305년 로마 황제 디오클레티아누스가 이곳에 궁전을 건설한 것을 기념하여 붙인 지명으로 '궁전'이라는 뜻.

43) Ivo Andric(1892~1975) : 보스니아-헤르체고비나 중부에 있는 도시 트라브니크에서 가톨릭을 믿는 크로아티아 부모 사이에서 태어났다. 두 살 때 아버지가 돌아가시고 생활이 여의치 못하자 어머니는 안드리치를 비셰그라드에 있는 유복한 고모에게 맡겼다. 비셰그라드의 드리나강에는 약 400년 전 옛 오스만 투르크 제국의 고관이 세웠다는 유명한 다리가 있는데, 안드리치는 날마다 이 다리를 건너면서 유소년 시절을 보냈다. 훗날 그는 이 다리를 중심으로 400여년에 걸쳐 펼쳐진 이곳 사람들의 삶을 대하소설로 형상화했는데, 『드리나강의 다리』가 그것이다. 이 작품은 그의 또 다른 작품인 『트라브니크의 연대기』, 『아가씨』와 더불어 '보스니아 3부작'으로 불린다.
   그의 작품의 주된 배경은 보스니아다. 이곳은 인종적, 지리적으로는 유럽에 속해 있으면서도 오스만 투르크 제국의 지배, 이어 오스트리아-헝가리 제국의 지배, 이어 유고연방의 일원이었다가 1990년대 극심한 내전을 겪으면서 매우 복잡한 문화를 형성해 왔다. 안드리치는 어릴 때부터 이곳에서 서로 대립하는 두 세계, 즉 '무슬림-동양' 세계와 '기독교-서양' 세계의 끊임없는 충돌과 혼합으로 어우러진 독특한 문화를 경험했다. 그는 이런 보스니아 문화에 깊이 매료되었고, 이를 특수성에 매몰되지 않고 인간 보편성의 차원으로 끌어 올릴 줄 알았다.
   보스니아 3부작 외에도 백여 편이 넘는 중, 단편을 발표함으로써 그는 발칸 최고의 작가가 되었다. 1961년에는 "자국 역사의 주제와 운명을 서사시적 필력으로 그려냈다"는 평을 받으며 노벨문학상의 영예를 안았다. 1975년 83세의 나이로 타계했다. [네이버 지식백과] 이보 안드리치.

44) Srebrenica : 스레브레니차 집단 학살은 1995년 7월 일어난 8,000명 이상의 사망자를 낳은 학살 사건이다. 보스니아 내전 중에 터진 이 사건으로 보스니아 헤르체고비나의 스레브레니차 지역에 살고 있던 보스니아의 무슬림인들은 라트코 믈라디치 장군 휘하의 스르프스카 공화국(정교도) 군대에 의해 인종 청소의 일환으로 학살당했다. 스르프스카 공화국 군 외에도, 1991년까지 세르비아(정교도) 내무부의 일부로 공식적으로 활동했던 준군사조직 스코르피온도 이 사건에 개입했다. 당시 유엔은 스레브레니차를 유엔보호안전 지역으로 선포한 상태였고, 400명의 무장한 네덜란드 평화군이 주둔 중이었음에도 학살을 막지 못했다.

세르비아 마을이었을 것이라고. 이제 이곳 국경도시에는 그들 사이에 오직 세르비아인들만 있었다. 그리고 아무도 다른 사람들에게 더 이상 할 말이 없었다. 간선도로에 있는 새로 만든 반쪽짜리 가게들과 술집들은 보스니아-세르비아 전쟁 우승자들에게 속했지만, 그녀는 절대 거기에 발을 들여놓지 않을 것이라고 했다. 그녀는 매달 아주 겸손하게 전 남편이 독일 마르크로 보내온 보조금을 받으러 갔다. 다른 사람들은? 그들의 반쪽짜리 황폐한 이웃에 의존했고, 물질적인 부족에도 불구하고 고통은 내면적인 것이었다. 이전의 넓은 세상과 단절되어 항상 그녀와 같은 사람들 아래서만 존재하다 보니, 그녀에겐 자주 그녀가 종종 죽은 것처럼 여겨졌다. 애정이 아직도 남아, 아이들이 태어나게 될까요? >고작해야 피난민들 사이에서< (그리고 젊어 보이는 여자는 한 번 스스로 웃는다.) 서구의 기자들도 가끔 나타났다고 했다. – 보스니아도 마찬가지였다. 하지만 그들은 이미 모든 것을 알고 있었고, 그에 따른 질문들도 있었지만, 여기 국경도시 사람의 삶에 대해서는 어느 누구도 약간이나 혹은 전혀 관심을 보이지 않았다고 했다. 그리고 유엔 관찰단도 그곳에서 스스로 관찰당한다고 느꼈기 때문에 곧 호텔을 떠났다고 했다.

그곳 >드리나< 호텔의 난방이 안 된 방에서 즐라트코와 가짜이름 아드리안 그리고 나 세 사람이 같이 잠을 잤다. 제대로 된 커튼이 보이지 않았고, 자주 나는 그 첫날 밤, 밖에서 밝은 노란색

꿈꾸었던 동화의 나라와 작별

의 빛에 의해, 눈을 뜰 때마다, 창문에 눈이 계속 내렸고, 아침에도 눈이 내렸고, 바지나 바스타의 낮과 밤에도 눈이 내렸다. 그 도시에는 눈이 쌓였다. 얼굴과 두 손에 추위를 느끼며 즐라트코는, 기관총을 옆에 세워두고 우리 곁에 앉아 아침식사를 하고 있는 젊은 군인들에게서, 딕켄산을 가로질러 되돌아가는 길은 오래전에 차단되었고, 드리나 계곡을 북쪽으로 통과하는 길만 남아 있다는 것을 알게 되었다. 그러나 제설기가 길을 정돈할 수 있을는지?

그리고 아주 즐거운 마음으로 필요한 만큼 그곳에 머물기로 결정했다. 우리는 눈길에 필요한 신발과 모자를 샀고, 그 지역 사람이 아닌 우리들이 입장할 때마다, 점원이 취하는 조심스런 태도를 보고, 나는 >잠재적인 고객들<이 전쟁기간 동안 뭔가를 사는 대신 조사를 위해 가격을 묻는 외래 기자로 위장했던 것을 상상할 수 있었다.

새벽에 옛 가족에게 잠시 들렀다 다시 합류한 차르코와 함께 우리는 국경 도로와 국경 식당 도처에서 방한용 반(半)제복 차림의 남자들을 보았다. 그들의 >매서운< 눈들을 보면, 당연히(?) 준군사 살인자들로 보였는데, 우리와 함께 온 지역 도서관 사서(司書)이자, 작가 나탈리 사로트와 페르난도 페소아[45]의 작품을 즐겨 읽

---

45) Nathalie Sarraute(1902~1999) : 20세기 중반 프랑스의 여류소설가. '누보(앙티) 로망' 대표자.
Fernando Pessoa(1888~1935) : 포르투갈 작가.

는다는 분이, 그들은 딕켄산의 산림 노동자와 산림 보호자들이라고 설명해 주었다. 이곳은 국립공원 같은 일종의 휴양지로서, 마지막 간빙기(間氷期)의 생존물인 세계 유일의 가문비나무가 자라고 있었으며, 이 사람들이 다시 범죄단체의 조직원으로 오해를 받을까 우려해서, 산림이나 야생동물 보호자의 옷을 입고 있다고 했다.

우리는 도시를 벗어나 드리나강으로, 국경 다리로 걸어갔다. 아마도 예상과는 달리 보스니아로 가게 될 것 같다. 그곳은 눈 덮인 뒤쪽으로 언덕과 초원이, 방금 날카롭게 윤곽을 그리기도 하고, 방금 사라지기도 하면서 멀고 가까이 보였다. 상당히 많은 사람들이 휘날리는 눈 속에 있었다. 주로 노인과 아이들이었는데, 아이들은 시내 쪽으로, 다리를 건너서 학교로 가고 있었다. 세계 각지에서 온 다양한 방한용 모자를 쓰고 있었다. 그 사이에 한 노인이 너덜너덜한 수건으로 머리를 동여매고 걸어가고 있었다. 학생들 몇 명이 함께 가면서 우리에게 계속 영어로 "How do you do?"라고 말했고, 그리고서 웃음을 터뜨렸다. 마주 오고 있는 거의 모든 사람들은 젊거나 늙거나 이빨이 빠진 사람들이 많았다. 세르비아 쪽에 있는 다리의 경비초소에서, 강 저편에 있는 보스니아 세르비아인들은 이미 오래전부터 자신의 국가에 대해 좋게 말하지 않는다고 하면서, 위험을 무릅쓰고 우리를 건너가게 했다.

드리나강은 넓고, 겨울날 암녹색으로, 한결같이 빠른 계곡물로, 양쪽 해안으로 가는 모습이 흐리고 습한 눈송이 때문에 더 어둡고, 검은색으로 보였다. 도서관 사서인 원주민은 공포의 시선으로 걱정스럽게 매 발걸음 마다 돌아설 준비를 하며 다리 위를 천천히 걸어갔다. 두 국가 사이의 중간이라 할 수 있는 다리 난간에 등불상자가 걸려 있다. 내 상상으로는 즉흥적으로 불교의 강에서 보이는 촛불 그릇, 죽은 자를 위한 밤의 등불 같았다. 하지만 상자를 열었을 때, 소위 말하는 등(燈)에는 담뱃재와 꽁초가 가득 들어 있었다.

마침내 건너편 국경초소에서 보스니아로 들어가는 몇 발자국 기념적인 걸음을 내딛었다. 작은 집의 부서진 유리창, 그리고 이 집 뒤로는 두 갈래의 가파른 산등성이 길이 나있었다. 날카로운 눈빛을 가진 국경수비대 – 아니면 치유 불가능한 또는 접근하기 어려운 슬픔일 수도 있지 않을까? 오직 신만이 그에게서 슬픔을 제거할 수 있으리라. 내 눈에는 어둡고 공허한 드리나강이 그 신처럼, 비록 힘없는 신으로 여겨질지라도, 흐르고 있었다. 아니, 우린 그의 나라로 들어갈 수 없었다. 하지만 그는 우리에게 얼마동안 문턱에 서서, 보고, 듣게 했다. – 그러나 우리는 그런 것에 관심이 없었고, 그저 경계심만 들었다. 이 보스니아 산비탈에는 농가들이 여기저기 연이어 있었고, 농가들은 어느 정도 거리를 두고, 과수원이나 발칸반도의 농가주택 높이만한 건초더미나 건초 피라미드로 둘러 쌓여있었다. 여기저기서 굴뚝이 보였다. (나는 그것을 처음에는 폐허에서 피어오르는 연기로 생각했다. 아니면 실제로 폐허지역의 연기가 아닐까?) 그러나 대부분의 집에서는 전혀 연기가 피어오르지 않았고, 종종 굴뚝뿐만 아니라 전체 지붕도, 또 그 아래 문과 창문도 없었다. 그런데 이상하게도 화재 흔적은 거의 없었다. 그래서 이 농가들은 전체 유고슬라비아에서 영원히 완성되지 않은 전형적인 게스트 노동자 집들과 비슷했다. 두 번을 보아도, 세 번을 보아도 마찬가지였다. 공사 중인가 아니면 부서진 것인가? 그리고 만약 부서졌다면, 부분적으로는 조심스럽게 조립되고, 벗겨지고, 부품들이 다시 복구되었을 것이다.

그런데 뜻밖에도 국경도시의 도서관 사서는 이렇게 말했다. >한때 모든 새들이 노래를 불렀던 이 소택지는 유럽인들이 좋아했던 곳입니다. 나는 내가 점점 더 유고슬라비아인이 되는 것을 어떻게 설명해야 할지 모르겠어요. 우리 같은 사람에게는 지금이 가장 힘든 시기입니다. 나는 세르비아인, 크로아티아인, 헝가리인, 독일인이 될 수는 없습니다. 왜냐하면 나는 어느 곳도 더 이상 집으로 느낄 수 없기 때문입니다.<

그리고 세르비아인으로 독일 빵을 먹는 내 친구 차르코는 이런 사실들을 모순되는 노래로 불렀다. >세르비아인인 나에게 독일에서의 삶은 끔찍한 일 아닌가? 사실, 독일은 아름답고, 부유하며, 낙원의 나라로 성장했다. 기계로의 세계. 기계로의 주택들이다. 길거리에 있는 개들의 짖는 소리는 공장에서 기계들이 날카롭

꿈꾸었던 동화의 나라와 작별

게 외치는 소리와 같다. 셀프서비스 가게에서 당신은 우유를 사는 게 아니라 나사를 사려는 것 같다. 정육점에서 햄이 아니라 못을 사는 것처럼, 약국에서는 아스피린이 아니고 마치 해머를 사려는 것처럼.<

이제 내가 말할 수 있는 것은, 나를 이 세계와 또는 이 세계의 상황과 꾸준히 지속적으로, 연관시키고? 빠져들고? 병합시킨 적이 거의 없었다는 것이다. 보스니아-세르비아의 국경을 이루는 강변의 사건이 많았던 바지나 바스타 지역에는 눈이 내리고 안개가 낀 날들이 계속되었다. 이 곤궁한 기상상황을 나는 전혀 언짢게 생각하지 않았으며, 그저 좋은 것으로 여겼다. 그리고 그 사건들은?

계속해서 눈길로 걸어가는 것이 불가능해서 우리는 이웃의 오래된 수도원에 가는 대신에, 드리나강 위쪽으로 제2차 세계대전 때 티토의 파르티잔 (게릴라) 부대의 간호사였던 올가의 어머니가 살고 있는 국경선으로 차를 운전해 갔다. 그녀의 남편은 몇 년 전, 심각한 질병 때문에, 그러나 그보다 더 유고슬라비아의 소멸에 대한 슬픔으로 그가 파르티잔 시절에 쓰던 총으로 자살했다. 그리고 그녀는 혼자 딕켄산 아래 있는 작은 집 한 채에 (도로 쪽으로 있는 집과 비교) 살고 있었다. 그 산의 가파른 내리막길 사이에는 정원과 감자밭 한 줄기가 있었다. 비록 그 노부인은 오후 내내 그녀의 머리 수건을 방에서 벗지 않고 있었지만, 우아하고 당당한 자세를 취하면서, 동시에 한 명의 여지휘관이나 혹은 수백 명의 군인들 중 단 한 명의 여성으로 이들과 동등하게 행동할 준비가 되어 있는 그런 느낌을 주었다. 그녀는 평생 동안 세르비아인이 아닌 유고슬라비아 공산주의자였다. 제2차 세계대전 이후의 시대에만 국한된 것이 아니라, 오늘날까지도 남슬라브 민족을 위한 유일하고 이성적으로 가능한 방법이라 여겼다. 1941년 독일 침공 전에, 왕국에는 거의 모든 것을 독차지했던 극소수의 사람들과 그들 옆에는 극도의 빈곤만이 있었다. 그리고 지금, 이 세르비아 특별국가에서는 – 다른 신생국들과 마찬가지로, 그 권력을 가진 자를 〉배신자〈라고 한다. – 탐욕스럽게 모든 것을 소유한 전쟁의 승자와 얼어붙은 빈털터리 국민이 똑같은 일을 반복하고 있는 것이다. (그리고 적어도 그건 맞는 말이다. 그것은 오스트리아에서 외국인으로 살았던 세르비아인 즐라트코가 한때 〉전 민족이 냉동상태〈라고 자신들을 표현했기 때문이다.)

우리는 오후 내내 국경 근처 오두막에 앉아 있었는데, 드리나 강의 한쪽 편 마을이 불빛을 발하기 시작하자, 건너편 쪽은 완전히 어둡거나, 빛을 차단했다. 전쟁 전에는 그곳 창문으로부터 빛이 비치면, 강 한쪽은 다른 쪽의 거울처럼 보였다는데. 그리고 보스니아인인 노부인은, 세르비아인이든 또는 무슬림인이든 완만한 언덕지대에서 키운 과일을 가을 내내 드리나강을 건너 가져온 것은 특별히 호의적인 일이였다고, 그리워하며 말했다. (강변의 저쪽 마을에서 돌아오는 길에, 어둠속에서 자동차 전조등에 의해 그곳에 숙박했었던 피난민들의 모습을 대량으로 볼 수 있었는데, 그들은 이미 몇 시간 동안이나 도시로 데려다주길 기다리고 있었다. 그러나 자동차는 아직 한 대도 없었다.)

우리는 둘이서, 유일한 정식 손님으로, 오래전에 이미 불이 꺼진 >드리나< 호텔의 홀에서 외투와 방한용 재킷을 두르고 웅크리고 앉아 있었다. 그리고 흔히 말하는 호머의 전통을 따라 세르비아 영웅전설을 노래하는 >구슬라르<[46]의 노래와 연속되는 높은 소리로 위안을 받았다. 게다가 좁은 개인 아파트에서 단 한 줄로 정교하게 짜인 현을 가진 구슬라 악기의 배경음을 가지고서 큰소리로 노래 부르는 것이 저녁 내내 우리의 귀를 가득 채웠다. - 우리가 서로를 덜 영웅적인 존재로, 우둔한 존재로 이야기하면서, 어둠 속에서 원기를 회복하거나, 큰길에서 멀리 떨어진 곳에 끝없이 늘어선 눈 쌓인 나무들을 바라보았다. (그리고: 차가 거기에 아직도 서 있을까?)

그리고 마침내 눈이 그치자 이른 오후에 둘만으로 출발했다. 차르코 (그는 명목상 >성격이 불같은 남자< 혹은 >격정적인 사람<) 가 그의 딸과 부인 올가의 따뜻한 집에서 (그가 근무하는 >도이취 벨레<(Deutsche Welle, 독일의 소리)는 그에게 1주일 휴가를 주

---

46) Guslar : 구슬라 악기를 연주하며 노래하는 가수. 구슬라는 세르비아 지방의 대표적 민속악기로 말총으로 꼰 줄이 하나 있고 만돌린 모양의 공명통에다 가죽의 울림 판을 달았다.

었다) 얼마 더 머물기를 원했기 때문이다. 그리고 강의 하류 쪽으로 곧 어두워지는 그리고 곧 칠흑 같은 세르비아를 통해, 점점 질척거리는 눈더미를 지나, 프루스카 고라를 건너, 노비사드의 긴 산을 지나 (제1차 세계대전 이후 위대한 세르비아 시인 밀로스 크란잔스키에게는 근처의 정다운 산보다는 낯선 산), 마지막으로 살을 에이는 듯한 빙판 위에 섰다. 그리고 또 한 번의 추운 밤을 보이보디나(* 세르비아의 북부 자치주) 주도(州都)에 있는 >투리스트< 호텔에서 지내고, 다음날 이른 아침에 노비사드 시장에서 >모라봐<와 >드리나<라는 상표의 담배 몇 갑을 구입했다. 그리고 노비사드의 서점에서는 세르비아-키릴문자로 된 버섯 재배책자도 샀다. 둘 다 파리 교외를 생각나게 했다. 그리고 거기서 내가 세르비아에서 보낸 기간 동안 유일하게 다른 여행객을 만났다. 뉴욕주(州) 출신의 두 젊은 남자들이 나에게 저렴한 호텔에 대해 물어왔다. 노비사드에서 >아주 짧은 거 하나<(only a short one)를 필름으로 찍으려 한다고 했다. 그리고 헝가리 국경으로 가는 길에, 수보티차[47]에서 매서운 추위 속을, 대초원 같은 평야를 휘몰아치는 눈보라 속을, 마치 늘 그런 것처럼 지역을 방황하거나 혹은 이미 죽어서 돌처럼 굳어 찻길에 뻗어있는 개들을 보면서 지나갔다. (츨라트코 : >루마니아에는 훨씬 더 많다!<) 앞 유리창에 부딪힌 참새, 텅 빈

---

47) Subotica : 세르비아 북부 자치주 보이보디나에 있는 도시.

꿈꾸었던 동화의 나라와 작별

아스팔트 위에 수많은 까마귀 무리, 그리고 내가 그것에 그의 주의를 끌려고 했을 때, 옆자리 운전수는 까마귀 떼에 항상 까치가 섞여 있다는 것이 참 이상하다고 말했다.

나는 유고슬라비아의 분리전쟁 기간 동안에, 한때 〉나의 고향〈이었던 새로 건국된 슬로베니아 공화국을 반복해서 왔다 갔다 했다. 그러한 연결의식은 한 순간도 종결지울 수가 없는 것이다. (그것은 일시적인 것일 수가 없다.) 아마도 그것은 나 때문이었을 것이다. 어린애다운 실망 때문이었을 것이다. 예를 들어 웅장한 트리글라브산, 즉 줄리안 알프스의 복하인 호수 북쪽에 있는 이 세 개의 봉우리는 이제 유고연방의 산이 아니라 슬로베니아 국영 자동차 표지판과 슬로베니아 국기의 새로운 상징이 되었다. 그리고 내가 잘못 갔을 수도 있고, 그래서 언제나 똑같은 길이 아닌 새로운 길을 갔어야 했는지도 모른다.

그럼에도, 그러한 급작스러운 되돌리기, 그런 의도적인 폐쇄성 그리고 그 나라의 부적합성이 단지 나의 상상 속에 있었던 것은 아니다. 나는 우리들의 세르비아 여행 한 달 전에 혼자서 복하인 호수의 계곡지역을 돌아보았다. 이손초 계곡을 넘어 남쪽으로 내려갔다가 트리에스트를 넘어 카르스트까지 올라갔다. 복하인 지역과 바로 뒤쪽에 있는 활기차고 조용한 호수, 그 호수로부터는 아직 길이 없어, 계속 산으로 올라가야만 했다. 전쟁 전에는 세르비아인들에게도 신화적인 곳이었다. 적어도 세르비아 시인들에 관한 꽤 많은 입문서가 (또는 증언들, 약간 맹목적인 일상생활과 시적인 삶에 대한 호소문들), >슬로베니아 형제들<의 지역에서 출판되고 있었다.

나는 계곡 뒤쪽에 있는 거대한 알프스 산장으로 잘 알려진 호텔 >츨라토록< (= 우화속의 야생 산양) 을 만나게 되었는데, 그곳에서는 독일어를 사용하고 있었다. 입구에는 한때 방문했던 티토의 액자 사진이 제거되었고, − 부끄럽지 않았다 − 그에 걸맞게 빌리 브란트의 사진으로 대치되었다. 나는 그가 당시 티토 원수와 함께 오지 않았을까 하고 혼자 생각해 보았다. 그리고 국영 텔레비전에서 − 그렇지 않으면 거의 독점적으로 독일과 오스트리아 채널에서 − 대외 통상사절단 또는 사업대표단이 엄밀히 말해 현지 민속 음악에 의해 반복해서, 한때 유능하고 자랑스러웠던 공무원이었던 슬로베니아 국가 대통령의 합류와 함께 찬양되지 않았던가? 그러나 이제 웨이터의 자세로, 즉 거의 하인의 자세로 외국에 자신의 나라를 제공하고 있다. 그래서 독일 기업가와 주문자의 진술이 정확히 일치하기를 원하는 것처럼, 슬로베니아 사람들도 이것 그리고 저것이 아니라, 오히려 >열심히 일하는 노동력이 싼 알프스 주민<이기를 원한다. 그리고 이른 아침, 호텔 뒤의 숲의 반쪽에 있는 쾌적한 슈퍼마켓에는, 류블리아나의 일간신문

꿈꾸었던 동화의 나라와 작별

델로(Delo) 앞에 독일신문 빌트(Bild)에 니베아(Nivea)란 화장품 브랜드 명칭을 가진 튜브나 캔 상품들 옆에 약간의 슬로베니아어(語)가 줄무늬를 이루고 기본적인 독일 본문에 덧붙여 있었다. (첫 번 고객의 발언: ›빌트 있나요?‹) 그리고 보힌예스카 비스트리차의 아름다운 시골 기차역에는, 자연이나 역사적으로 가치가 있는 세르비아의 수도원들, 몬테네그로의 코토르만(灣), 오흐리드의 마케도니아–알바니아 호수까지 그림들도 볼 수 있었고, 심지어 순수한 슬로베니아의 풍경뿐 아니라 어린이용 그림 인쇄물도 있었다.

그러니까 신생국가? 하지만 이전의 이 새로운 국가를 통한 여행들에서, 확실하고 완만하게 여유가 있는 카르스트 고원지대에서, 비슷한 기차역들로 가는 입구들이 내 마음에 잊히지 않고 남아있었다. 또 그들이 야외에 멀리 떨어져 있다면, 여전히 자연환경에 대한 (유럽적인) 깨끗함과 그에 맞는 상호 주의할 점이, 정부의 많은 포스터로 공고되었던 것도 내 마음에 잊히지 않고 남아있었다. 바로 그런 식으로 방송을 통해서도 전국에서 들을 수 있는 음악과 자주 듣지 못하는 음악이 울려 퍼졌다. 민속음악이 아니라면 예외 없이 훌륭한 유럽의 고전음악이 울려 퍼졌지만, 그러나 모차르트나 하이든의 가장 밝은 음악들조차도 여행자의 마음을 어둡게 했다.

그리고 한번은 두토블예의 카르스트 마을에서 멀리 떨어진 회색과 흰색의 석회암 기차역으로 가는 길에 있었다. 국도로부터 그곳으로 접어들면서 나는 다른 건물은 없고 오로지 정신병원과 일반병원에서 이전 같으면 여행 내내 창문들로부터 입원환자들이 외치는 울부짖음과 분노의 소리를 들을 수 있었는데, 지금은 조용했다. 그것은 이 창 뒤의 은밀한 침묵으로 혹은 조용히 울리는 라디오 피아노 협주곡으로 대체되었다. 그리고 나서 역으로 갔는데, 그곳에는 구(舊)유고슬라비아의 모든 벽화는 낡고 검게 변한 대기실에서 제거되었고, 대신 정거장 입구에는 새로운 정부의 오염정화 포고문이 걸려있었다. 그리고 도로 끝, 카르스트 초원 앞에 이전에는 슬로베니아 도로에서 드물지 않았던 마케도니아의 수도 스코페의 번호판이 부착된 트럭을 보았다. 하지만 이제는 단 한 대뿐으로 운전자는 혼자 그리고 넓게 외부 대초원 잔디밭에서 휴식을 취하고 있었다. 마치 전쟁 전 몇 년 동안 혼자 남겨진 것처럼. 그의 트랜지스터에서는 카세트 음악이 들렸는데, 그것은 한때 수많은 다른 곡들과 함께 연주되었던, 전쟁 동안 영공에서 추방되었던 다소 부드러운 동양의 아랍어 음악이었다. 그리고 그 남자의 시선과 나의 시선은 잠깐 서로를 만났고, 우리 사이에 일어난 일은 단순한 일반적인 생각 이상, 더 깊은 무엇이 있었다. 공동의 기억이었다. 주변 지역이 이제는 소리를 통해 열리고 다시 뻗어나가는 것처럼 보였지만, 가장 먼 이미 그리스 남부까지, 그러한 대륙의 느낌 (>대양<과는 대조적으로) 이 거의 동시에 사라졌고 유령의 고통만이 공중으로 스쳐 지나갔다. 강력한 유령의

꿈꾸었던 동화의 나라와 작별

고통, 확실히 개인적인 것은 아니었다.

　반면에 세르비아를 여행하면서 나는 잃을 고향이 없었다. 이 나라가, 옛날 에스파냐의 바스켄 지역에 있는 빌바오 도시와 특히 그곳의 글자모습이 너무 낯설었던 것처럼, 나에게 낯설게 느껴졌다. 세르비아에서 한번 남자용 공공 화장실에 들어갔을 때 그곳 소변기가 본 적이 없는 형체이거나 또는 바닥에 있는 것이 아니라, 벽면 높은 곳에 설치되어 있기를 기대했던 적도 있었다. 그렇다, 세르비아가 나에게 고향은 아니지만 그렇다고 세르비아에서 나를 소속감이 없거나 혹은 모욕을 당할 수 있는 이방인처럼 느끼지도 않았다. 나는 계속해서 관광하는 여행자로 남아 있었다. 하지만 얼마 전부터 여행연구가나 여행학자들이 ›휴가 중인 사람‹에게 ›지속적으로 영향을 미치는 여행‹을 제안했던 바로 그 새로운 종류의 여행이었다. 왜냐하면 여행은 - 1995년 11월 23일 프랑크푸르터 알게마이네 차이퉁의 여행 편 참조 - ›최고의 귀중한 자산으로 인식될 수 있으며‹, 어려운 것은, ›여행의 목적지 선택은 그에게 수반되는 명망에 달려 있으며‹, ›공급자 중심 여행‹이 아닌 - ›수요자 중심‹ 여행에 달려 있다는 것이다. - 그래서 관광객은 ›여행이 어떤 영향을 미치는지‹, 즉 ›지속적인 관광‹이 무엇인지 알게 된다.

　세르비아에서 지속적인 관광은 무엇인가? 예를 들어, 나에게 그곳의 모습은 우리의 예민하고 투명한 일상생활과 비교했을 때,

하나의 이미지로 남아있다. 전쟁 상황을 통해? 아니, 유럽 전역에 걸쳐 분명히 알고 있는 거대한 국민들에 의해서다. 그들은 이것을 터무니없이 불공평하게 경험하고, 그것을 지금 세계에 보여주고 싶어 한다. 비록 그들이 거리에서 뿐만 아니라 다른 곳에서도, 상당히 다르다는 것을 알았음에도 불구하고.

나에게 남겨진 것은, 그곳 거의 모든 사람들이 결정적으로 고립되어 있다는 것이다. 이미 오래전에 죽었다고 이야기되는 〉민족〈이다. 이 사람들은 자신의 나라에서 매우 눈에 띄게 흩어져 디아스포라에 살고 있다. (내가 다시 돌아올 때까지 교외의 정거장역 새들이 잠자는 나무에는 간밤의 추위로 깃털을 세운 새들이 각각 서로 떨어져 앉아 있었다. 그리고 여기 또한 생명들 사이에 눈이 내리고 있었다.) 그리고 이곳에 머무르거나 여행을 지속해야 했는데, 나는 전쟁이 없었던 내륙으로 여행을 계속했다. 자연 그대로의 바다가 없는, 오직 강들만 존재하는, 하지만 어떤 강들일까? - 내륙을 체험해보고 싶은 사람은 넓고 먼 바다가 아닌, 단하나의 강을 따라 세르비아로 가야 했다.

그리고 마지막으로, 계속해서 영향을 미치는 것은 아무도 세르비아를 알지 못한다는 것이다. 토마스 울프의 소설에 따르면 자유롭게 〉죽은 자들만이 브루클린을 알고 있다.〈

그리고 만약 내가 이전에 장시간 여행을 혼자하면서 자주 생각했거나, 선택된 사회에서 반복하기를 원했다면, 이번에는 거의 끊

　　　　　　　　　　　　　꿈꾸었던 동화의 나라와 작별

임없이, 시골에서 혼자, 자동차가 아니라 버스 안에서, 그리고 대부분 걸어서 하고 싶었다.

에필로그

하지만 내가 세르비아에 혼자 있은 적이 있었던가? 그건 국경 도시 바지나 바스타에서 눈보라가 휘날리는 어느 날이었다. 나는 아직 새벽녘에 두 가지 목적을 가지고 밖으로 나갔다. (내가 기억하는 좋아하는 대화 >당신은 좀 더 일찍 일어났어야 했다!<) 버스 터미널과 드리나강이었다. 강은 다리를 넘어 보스니아 쪽으로 가지 않고, 가능한 한 집과 정원으로부터 멀리 떨어져 들판과 목초지 사이 이쪽저쪽으로 흐르고 있었다.

산들이 온통 눈구름에 뒤덮인 어두운 날이었다. 나는 버스정류장을 오랫 동안 찾아다녔지만, 표지판도 없었고, 묻고 싶지도 않았다. 정거장은 예상대로, 드리나 강물에 의해 만들어진 저지(低地)에 세워진 저층건물이었다. 바지나 바스타에 있는 첫 번째 집과

　　　　　　　　　　꿈꾸었던 동화의 나라와 작별

마주보고 있었다. 집 위에는 십자가가 보였지만, 교회 같지는 않았다.

버스정류장에는 목적지들을 적어놓은 아주 커다란 일정표가 있었다. 대단히 멋지게 쓰인 익숙한 키릴 문자: BEOTPAII (Beograde), 그리고 그 아래 끝에는 CPEBPEHNIIA와 TY3JLA, 스레브레니차와 투즐라가 표시되어 있었다. 이 강건하고, 고풍스러운 일정표는 더 이상 가치가 없었다. 인쇄되지 않은 아주 작은 종이 한 장으로 된 현재 일정표는 한쪽 구석에 붙어 있었다. 그리고 그 중에서도 마지막 두 장소로는 더 이상 출발 버스가 없었다. 옆집의 커피숍은 일종의 가건물로 큰 탁자 옆에 있는 노파를 제외하면 손님 없이 텅 비어 있었다. 그리고 여주인과 종업원이 있었고, 두 명의 체스선수가 30분 동안 대충 20개의 판으로 제한되어 있는 체스게임을 하고 있었다. 혼자인 노파는 구석으로 가서, 그곳에서 큰소리로 방안에다 이야기를 했다. 자기 자신을 위해서가 아니라 (사라진) 대화 상대를 찾기 위해.

그후 나는 들판을 가로질러, 마지막 도시의 변두리 주택지들에서 멀리 떨어진 곳에서, 곧 포기하려고 했다. 쌓여있는 눈이 녹아 젖은 신발에 스며들었고, 또한 내 앞에는 경고처럼 발자국도 없었다. 그리고 나는 이미 드리나강을 충분히 관찰하지 않았던가? 하지만, 내 두 다리는, 이런 상황에서 처음은 아니었지만, 계속해서 경계와 강을 표시하고 있는 어두운 강변지역의 수풀 쪽으로 걸어갔다. (순수 크로아티아어(語) 사전에 ›루카‹라는 단어에는 ›초지(草地)‹라는 뜻이 남아있었는데, 크로아티아어의 매립지에 일치하는 의미는 ›항구‹였고, 다른 전쟁 전 – 사전에서 나는 ›프레리(대초원)‹를 발견했다.) 내가 다른 해안에서 바라본 적이 있었나? 그 폐허에는 아무것도 없었고, 미완성된 새 건물도 없었다. 아니, 폐허 그리고 이쪽과 저쪽에 다시 집 높이만한 검은색 해묵은 원추형 건초더미가 있었다. 그리고 마침내, 내가 이전에 세르비아를 여행하는 동안 인상 깊게 보았던 참새들, 박새들, 작은 부리 울새들, 굴뚝새들, 오디새들, 벌새들 (아니, 이 새들은 아님) 등 작은 새들이 모여 있는 저지대를 지났다. 위쪽 차가운 댐에서 다시 드리나강이 빠르고, 넓게, 깊은 초록빛을 띠며 흐르는 것을 보았다. 나는 제방을 아래로 내려오며, 아직 수확되지 않고, 바람에 휘날리는 옥수수 밭을 지나면서, 울창한 저지대의 관목숲 사이에 있는 것이 댐보다 더 안전하다는 것을 느꼈다.

›이제 더 이상 못 가겠구나!‹ – 그런데 내 다리는 관목 숲을 지나 강둑으로 곧장 달려가, 아직 새롭게 흙을 파내는 곳을 지나갔다. 그 안에는 발파용 폭약을 넣기 위한 약포(藥包)통들이 있었다. (아니, 아직 발포되지는 않았다.) 나는 거기서 멈추었다. 강물은 세르비아의 방한용 신발 앞부분에서 보스니아 해안까지 점점 더 넓게 뻗어나갔다. 아무것도 없는 드리나강에는 차가운 기운만 감돌고 있었다. 공중에선 크고 젖은 눈송이들이 마구 떨어졌다.

　　　　　　　　　　꿈꾸었던 동화의 나라와 작별

거기서 나에게 독일—독일전쟁[48]에서도 이렇게 국경의 강 곁을 넘나들 수 있었을까 하는 생각이 들었다. 강의 하류 쪽으로, 아마 30킬로 정도 떨어진 곳에, 스레브레니챠 지역이 있을 것이다. 어린애 샌들 하나가 내 발치에서 가볍게 흔들리고 있었다. ≫아직도 스레브레니챠 대학살을 의심하고 싶지 않으냐?≪ 하고, 아내 세민이 내가 파리에 돌아왔을 때 물었다. 나는 ≫그렇다≪라고 대답했다. ≫하지만 나는 이런 학살이 어떻게 설명될 수 있는지 묻고 싶다. 그게 바로 세계 대중들의 눈앞에서 저질러졌다. 그리고 3년 이상 전쟁을 겪은 후, 모든 정당들 사이에, 전쟁의 개들조차도, 죽도록 피곤하게 되어졌다. 게다가 조직적이고 체계적이며 오랫동안 계획했던 처형으로 불린다.≪ 왜 이런 수천 번의 전투가 발생하는지? 동기가 무엇인지? 무엇을 위해선지? 그리고 원인을 연구하는 대신, (≫정신질환자들≪로는 충분하지 않다) 노골적이고 욕심 가득한 시장에 의해 결정되는 사실과 허위사실의 판매 외는 아무것도 없지 않은가?

그리고 나는 계속 드리나 강가에 멈추어 서서 작가 이보 안드리치가 살았던 비세그라드가 아마 50킬로 정도 강 하류에 있을 것이라고 생각했다. — 특히 ≫드리나강의 다리≪ (엄밀히 말하면

---

48) 1866년 독일전쟁은 오스트리아—프로이센 전쟁을 말한다. 프로이센이 승리하여 수상 비스마르크는 북독일 연방을 창설할 수 있게 되었으며 과거 독일의 강대국이었던 오스트리아 제국은 여타 독일 국가들의 내정에 간섭하지 못하게 되었다.

≫드리나강의 다리 중 하나≪) 에서, 제2차 세계대전 중 독일군이 점령한 베오그라드에서, 대단히 예리하게 묘사된 도시의 연대기적 인물, 즉 한 남자에겐, 모든 그의 서술기간 동안 지역사건들과는 거의 연관되지 않는, 게으름이나 무관심에서가 아니라, 오히려 공허함에서 그리고 무엇보다 오만함에서 벗어나 – 어떤 일이 일어나든 간에 실로 그에게는 인내할 만한 가치가 없었다.

나는 계속 그곳에서 (혹은 그것을) 생각했다. 나는 여기서 그것을 분명하고, 확실하게, 말 그대로 너무나 많은 보스니아와 전쟁에 대한 기사를 쓴 기자들이 비슷한 존재들로 보였고, 그들이 훌륭한 기자들이 아니라 위선적인 사이비 기자들로 보였다.

그렇게 많은 – 폭로하는 기자들 – 숨겨진 것을 찾아내는 기자들에게 대항할 것은 아무것도 없다. (그 지역 및 그 지역의 인간들이 얽혀있는 기사라면 좋았을 텐데.) 이 교만한 다른 현장의 탐구자들! 그러나 몇몇은 원격 싸움꾼 패거리에 대항했다. 그 패거리는 글 쓰는 직업을 판사의 직업이나 혹은 심지어 선동 정치가의 역할과 혼동했다. 그리고 수년 동안 똑같은 단어와 사진으로 몰아치면서, 그들의 해외 본거지로부터 그들 방식으로 비열한 전쟁의 개들이 되었다. 전쟁지역에서 개들처럼.

스릅스카 공화국의 대통령 카라지치를 ≫처음은 위협≪하고 그다음은 ≫구부러뜨린≪ 독일의 슈피겔 잡지에서 계속되어 온 것과 같은 저널리즘은 어떤 저널리즘인가? 그리고 지금 미국의 데이튼

꿈꾸었던 동화의 나라와 작별

군대 캠프에서 평화협상을 진행 중인 저녁만찬에서, - 당연히 결정권이 있는 연방공화국의 교섭자들이 그곳에 모였다. 전능하신 주간지가 손 아래로 말하듯이 - 참가자 중의 한 사람이 다음과 같이 묘사하고(?) 있는 것은 무엇일까요: ≫전투 폭격기와 나가사키 원자폭탄 모조품 사이에서 세르비아 대통령 슬로보단 밀로셰비치는 마음이 편안했을까?≪ (크로아티아의 대통령 투지만이 유명한, 너무 유명한 혹은, 이전에 말했었던, ≫이목을 끌게 알려진≪ 악의 존재라면, 밀로셰비치는, 만약 그도 악의 존재라면, 그런데 아직 잘 알려져 있지 않았다면, 언론인에 의해서 탐구될 수 있다. 거칠게 비난하고 고발하는 대신에.) 그리고 일 주일 후에, 조약에 의해 이슬람 국가의 영향 아래로 오게 되었던 사라예보의 세르비아인들을, 그때 독일의 주간지 슈피겔은 돌연히 그의 상업적 관례의 천박함에서 성경에 따른 것으로 바꾸어 ≫유다의 보수로 속이는 것을 본다≪고 했는데, 이게 무슨 저널리즘인가? (프랑스 신문 르 몽드의 ≫발칸-전문가≪는 ≫오늘날 자국민의 입법부 대표자가 없는 지역에서 살고 싶어 하는 사람은 거의 없다≪라는 말을 했다. - 오늘날 비로소? 다만 그곳 발칸반도에서만?) 주관지 슈피겔은 특별한 독일식 - 슈피겔이다.

요주의: 여기서 ≫난 고소한다≪는 게 절대 아니다. 난 정의를 갈망하고 있다. 아니면 그냥 단순히 걱정해서, 깊이 생각함을 제

공하기 위해서다.

그래서 나는 전쟁 전에 프랑스 신문 레베라시옹의 보스니아 특
파원이 유고슬라비아 전문가와는 완전히 다르게 오히려 빠르게
여기저기서 쉽게 읽을 수 있는 스포츠 저널리스트 (투르 드 프랑
스 경기에서 특히 두각을 나타내는) 로, 전쟁 사건들의 경과에 대
한 그의 보도에서 이런저런 영웅들과 그 곁에 이름 없고 무관심하
고 무표정한 패배자들 – 혹은 하층으로 계속 달려가는 집단을 본
다는 것을 잘 이해할 수 있다. – 그런데 왜 그는 그곳 세르비아계
의 사라예보 지역에서, ›우리는 새로운 가브릴로 프린치프[49]가 필
요한가?‹라는 현수막을 읽었을 때: ›부조리‹와 ›편집증‹을 공개
적으로 놀려야 할까? 내가 이해하고 있는 것처럼, – 물론 그렇게
잘 알지는 못하지만 – 미국의 시사주간지 타임에서 프랑스 주간
지 뉴벨 옵세르봐퇴르까지 수많은 국제 잡지들이 전쟁을 고객에
게 알리는 데 있어 ›세르비아인들‹을 뚱뚱하고 기름기가 번지르
르한 악당으로 표현하고, ›모슬렘인들‹은 대체로 좋은 사람들로
표현하고 있다.

그리고 나는 심지어 세르비아 사람들을 물어뜯는 중앙 유럽신
문인 프랑크푸르터 알게마이네 차이퉁에도 관심이 있다. 증오의

---

49) Gavrilo Princip : 세르비아계 보스니아 청년(당시 19세)으로 1914년 6월 28일 사라예보를 방
   문한 오스트리아–헝가리 제국의 프란츠 페르디난트 황태자 부부를 저격한 인물이다. 이 사건
   은 제1차 세계대전의 도화선이 되었다.

꿈꾸었던 동화의 나라와 작별

단어전달, 증오의 기본요소, 거의 날마다 모든 유고슬라비아와 세르비아에 반대하는 사형집행인의 어법(?) 속에서 신문의 사설을 쓰는 (>제거해야 한다<, >분리해야 한다<, >영향력을 빼앗아야 한다<) 라이쓰볼프와 그라이퍼뮐러 같은 기자들. 어떻게 이 기자들이 가진 언어공격의 끈기를 독일 본부에서 잘 알고 있는지 관심을 가지고 있다. 나는 이 남자와 그의 떠벌림을 결코 이해할 수 없다. 하지만 그때 나는 이렇게 생각했다. 그의 가족이 유고슬라비아 출신이라면 어땠을까? 그 기자나 혹은 가족이 독일어를 사용하는 고츠세족[50]처럼, 제2차 세계대전 후에, 죄 없이, 고통 받고, 희생당하고, 외톨이로서, 단지 그와 가족이 독일인이었기 때문에 공산주의 티토국가에서 쫓겨났다면 어땠을까? 아마도 이 글을 쓴 이가 마침내 논설이라는 칼을 가지고 기사를 끌어내는 대신, 유고슬라비아와 세르비아에 대한 그의 무분별한 분노가 어디서 유래하는지 세상에 이야기할 수 있을까? 물론, 그 기자는 혼자 행동하지 (그렇다, 행동하다) 않는다. 모든 신문사는 자신이 무엇을 하고 있는지 알고 있다. - 그와는 반대로, 유고슬라비아의 모든 것을 단숨에 분쇄한 것은 그 당시 연방공화국의 이런저런 정치

---

50) die deutschsprachigen Gottscheer : 슬로베니아 코체브제 지역의 독일 정착민이다. 제2차 세계대전 때 고츠세 농부들은 유고슬라비아 당파들에 의해 정착지에서 쫓겨나게 된다. 추방된 슬로베니아의 고츠세 농부들은 작센, 실레지아 등 독일의 여러 수용소로 이송되어 1941년부터 1945년까지 독일 농장이나 공장에서 일해야 했다. 전쟁이 끝난 후, 대부분은 유고슬라비아로 돌아왔지만, 후손의 대다수는 현재 뉴욕시(市)와 오하이오주(州) 클리블랜드 등에 살고 있다. 네이버 지식백과. 고츠세어스 - 위키백과 참조

인이라고 생각된다. 때때로 밝고 만족스러운 이성의 외관, 그 핵심에는 아주 캄캄한 종파의 목소리, 힘의 종파, 그리고 독일적인 힘이 들어있다. 그리고 이 독은 영원히 치유되지 않는 언어의 독이다.

그곳에서 나는 계속 11월의 드리나강에 대해 생각했다. 그리고 지금은 여기서 겨울의 고요한 숲속 연못을 생각한다. 그 위로 여러 대의 헬리콥터가 여러 나라에서 온 고위정치인들을 태우고 파리에서 평화조약을 체결하기 위해 우레 같은 소리를 내며 1995년 12월 14일 빌라쿠블레이(Villacoublay) 군(軍) 공항으로 날아갔다. 비록 민족 간의 또 세대 간의 이런 기계적인 말장난이, 이 문제에 대해 침묵하게 되더라도, 그것은 아마도 오스트리아 사람인 내가 세르비아인들에 대해 경험했던 것과 같은 유산일 것이다. 하나는 제국의 살인자들을 상대로 한 오래된 목표 ›세르비아는 세르비아가 되어야 한다‹는 것이고, 다른 하나는 새롭고, 붙임성 있고 사교적으로, 알프스 지방의 슬로베니아를 ›우리한테 오지 그래!‹ 하고 말하는 것으로 볼 수 있지 않을까? 이러한 맹목적으로 분노에 찬 반사적인 인간들에 의해 수세대 동안 평화가 만들어지고 유지된 적이 있는가? 아니, 평화는 그저 죽은 자가 그의 시체를 묻고, 살아 있는 자가 다시 생명을 되찾는 것뿐이었다.

그래서 나는 생각했고 생각한다. 도대체 어디에 세르비아 국민을 향한 모든 비난들 가운데 가장 혐오스러운 비난인 저 ›편집증< 증세가 있었는지? 그리고 제2차 세계대전 동안 발칸반도에서 대량으로 저질렀거나 저지르게 했던 일들을 독일 (그리고 오스트리아) 국민들은 어떤 인식을 가지고 대처했는가? 그것은 단지 >알려져 있거나< 혹은 지금 현재의 일반적인 기억에서, 유대인들에게 일어났던 일과 유사하게 혹은 단지 절반만 기억에 남아있는 오늘날처럼, 여러 세대를 거쳐, 영향을 받은 유고슬라비아인들은, 세계의 미디어 방송국들에 의해 >인위적인 냉정한 기억<, >잊히지 않는 미숙한 욕망< 같은 추적의 광기가 발현되는 것을 보아야 했다. 사정이 어떻던, 그러는 사이 갑자기 발칸반도의 복잡한 문제는 오스트리아 대통령 후보자의 매우 뜨겁고 시사적인 뉴스거리로 퍼지게 된다. 그와 같은 독일과 오스트리아의 무지(無知)는 그러나 아무것도 아닌 – 전혀 현실의 소유물이 아닌 이른바 편집증과는 전혀 다른 정신질환이나 정신병인가? 대단한 자신만의 망상인가?

적어도 나의 세르비아 여행은 편집증적 국가로의 여행은 아니었다. – 오히려 고아가 된 아이의, 그렇다, 고아가 되어 뒤에 남겨진 어린애의 거대한 방, 수년간 슬로베니아에서는 한 번도 만나본 적이 없는 어떤 것이었다. (그러나 아마도, 위에서 보면, 내 잘못일지도 모른다. 권력 기관의 한 사람이 새롭게 건국된 작은 나라에 대항해서 >예부터 전해온 것을< 지키고, >불안한 발칸을< 붙잡고 버티라고, 거칠게 말하지 않았을까?) 그리고 위대한 유고

슬라비아란 아이디어는 거기서 시작되었지만, 크로아티아에서는 상상조차 할 수 없었던 것이 아닐까? 하지만 누가 알겠는가? 이 방인이 뭘 알겠는가?

그래서 나는 드리나강의 겨울 물에 손을 넣고 생각했고, 지금도 생각한다. 보스니아 국민들 사이에서 한 세기에 한 번, 필연적으로 새롭게 폭발하는 전쟁의 대참사와 같은 확실한 그림을 그릴 능력이 없어서 내가 작가 이보 안드리치처럼 비관적으로 될 수 없다는 것이 과연 나의 병일까? 안드리치는 너무 예민해서 자주 인간의 이미지를 감추고 있을 정도로 인간을 잘 이해하는 사람이 아니었든가? 절망이 드리나강과 함께 시대의 마지막까지 도도히 흘러야 했는가? 그 옛날의 뗏목 한 척이 내 눈앞에서 지나갔다. 뗏목 위에는 유명한 스풀라바르의 모습, 즉 드리나강의 뗏목꾼 모습이. – 그러나 아니, 아무것도 없었다. 보스니아의 강가에서 집시의 트럼펫 연주소리가 크게 울린다. 쿠스트리챠의 영화에선가? 유명한 >드리나강의 행진곡<. – 그러나 아니, 아무것도 아니다.

그리고 나는 드리나강을 보며 생각했고 그리고 여기 책상 앞에 앉아서도 생각한다. 우리 세대는 유고슬라비아 전쟁에서 성장하는데 실패하지 않았는지? 그렇게 많은 독선적이고, 판단력이 없고, 고루하고, 의견이 없는, 어떤 면에서 처세에 능한 그리고 아버지와 삼촌세대의 편협한 구성원들이 아닌 그런 어른으로 성장

꿈꾸었던 동화의 나라와 작별

하지 않는다면, 어떻게 성장할까? 이런 식으로. 단호하면서도 개방적이고, 투명하며, 괴테의 언어를 사용한다면, >교육에 적합한< 그리고 좌우명으로 독일의 세계적인 작가가 쓴 >순진한/이겨내기 어려운<이란 한 쌍의 시구가 >순진한/극복할 수 있는<으로 변형된 형식으로. 그리고 이런 식으로, 독일인의 아들인 나는 이 세기의 역사에서, 이 재앙의 사슬에서, 다른 역사로 벗어나야 한다고 생각했다.

하지만 우리 세대는 유고슬라비아에 대해 어떤 태도를 취했을까? 그리고 그곳에서 새로운 철학자 글럭스만[51]은 우리들의 세상을 위해 옳은 일을 했다. 하지만 다른 유럽 국가들과 평등하게 진정한 유럽을 건설할 수 있는 스페인 내전과는 근본적으로 다르다. 나는 나와 비슷한 나이의 사람들 중에서, 불친절하고 냉정한 험담꾼 조셉 브로드스키란 기자를 안다. 사건을 올바르게 바라보는 눈도 뉘앙스도 없는 녹슨 헌 칼로 세르비아인들에게 적대적으로 뉴욕 타임스의 기사를 작성하는 인물이다. 그리고 또 작가 피터 슈나이더가 적대적으로 단순 반복해서 전쟁의 모습을 떠

---

51) André Glucksmann(1937-2015) : 프랑스 철학자, 작가. 마르크스주의자로 시작했지만, 1975년 반(反)마르크스주의 책 『라 쿠이시니에르 에르 망구르 도메스』(1975)에서 공산주의를 거부했고, 이후 소련과 소련 이후 러시아 외교 정책에 대한 솔직한 비판을 시도하며, 인권을 강력히 지지했다. 최근 몇 년 동안 그는 이슬람 테러가 이슬람과 서방사이의 문명 충돌의 산물이라는 주장에 반대했다. 그는 유럽의 양심과 공산주의에 관한 프라하 선언의 서명자였다.

들어대는 문서가 있다. 나토가 범죄적인 보스니아에 사는 세르비아인에 대항하기 위해 공격했다는 기사다. 그밖에도 독일어로 출판되기 전에 이미 프랑스 신문 리베라씨옹에서 읽었고, 이탈리아와 스페인어로 된 기사도 읽었다. 또 어디서 읽었던가? 성인이 되고, 정의로운 인간이 되고, 세기의 밤을 구현하는 단순한 반사가 아니고 더 이상 어둡게 만드는 것을 도울 수는 없다. 이 밤에서 출발해야 한다. 허송했나? 그것은 우리 다음 일인가? 하지만 나는 마지막으로 정당하게 드리나강에 대해 생각했고, 세르비아에서 작은 고통, 약간의 추위, 약간의 외로움, 눈송이, 털모자, 버터, 크림치즈와 같은 사소한 것들을 여기 파리에서도 계속 생각하고 있다. 그리고 국경 넘어 큰 고통을 겪고 있는 사라예보, 투즐라, 스레브레니차, 비하크에 비하면 세르비아인의 고통은 아무것도 아닌가? 그렇다. 나도 종종 이런 글쓰기가 불쾌하고 심지어 경멸스럽고, 금지된 것이 아닌지, 문장 문장을 스스로 묻기도 한다. 그래서 글쓰기 여행은 또 다른 모험적이고, 위험하고, 대단한 압박감을 (나는 그렇게 믿었다) 주었으며, >괴물 실라와 소용돌이 샤리비스[52]< 사이가 어떤 의미인지 알게 되었다. 작은 결함에 빠진 자 (이빨이 빠진 자) 는 큰 결함에 빠진 자를 멸시하거나, 부정

---

52) Zwischen Scila und Charybdis : 두 개의 악 중에서 하나를 택할 수밖에 없는 상황. 메시나 해협의 위험한 소용돌이 샤리비스와 맞은 편 암벽 위에 사는 머리가 여섯 달린 괴수(怪獸) 실라. 그 사이를 지나가는 배는 어느 쪽에든 대가를 치러야 한다.

꿈꾸었던 동화의 나라와 작별

하거나, 은폐하는 것을 도울 수 없지 않은가?

마지막으로 나는 매번 그런 생각을 했다. 하지만 그게 요점은 아니다. 나의 작업은 다른 것이다. 나쁜 사실들을 확인하는 일은 옳은 일이다. 하지만 평화는 사실보다 훨씬 더 중요한 어떤 다른 것이 필요하다.

이제 시적인 표현이 와야 할까? 그렇다, 만약 이것을 정반대로 올바르게 이해하지 못한다면 그렇다. 혹은 〉시적 표현〈 대신 연결되는 것과 포함되는 것, − 즉 공통의 기억에 대한 충격보다는, 공동의 유년기를 위한 유일하고 아름다운 가능성으로 말하리라.

어떻게? 내가 여기에 썼던 것은 독일어권 독자들을 제외하고 슬로베니아, 크로아티아, 세르비아에 있는 독자들에게 똑같이 전하고 싶다. 명백히 부차적인 것으로 확인되어진 전쟁을 우회하여, 하여간 중요한 사건으로 인식된 것을 우회하여, 영향이 계속되는 자기−회상, 저 두 번째, 공유된 어린 시절을 깨어있는 경험에서 전하고 싶다. 〉여러 해가 지나면서 다리의 한 부분에서 널빤지한 곳이 느슨해졌다.〈 − 〉그래, 너도 눈치 챘구나?〈 〉교회의 2층석 아래 한 장소에서, 발자국 울림소리가 들렸다.〈 − 〉그래, 너도 눈치 챘구나?〈 아니면 그냥 우리 모두가 역사나 뉴스 속 이야기에 사로잡힌 상태가 되어 변하기 쉬운 현재에 관심을 돌리게 된다. 〉이봐, 이제 눈이 와. 이봐, 저기서 아이들이 놀고 있어.〈 (기분 전환의 기술; 중요한 기분전환의 기술.) 그래서 나는 드리나강에서 보스니아 해안으로 납작한 돌멩이 하나를 던져 물위로 춤추며 날아가게 했다. (그 다음은 아무것도 없었다.)

세르비아 여행에서 내가 기록해 두었던 유일한 것은 - ›Jebiga!‹라는 말, 즉 그를 죽여라는 흔한 저주였다. - 그의 부인과 같이 옛날 파르티산 대원이었던 남자가 보스니아 전쟁 발발 후 목숨을 끊었는데, 그의 작별 편지의 한 구절이다. 차르코 라다코비치와 즐라트코 보코키치, 별칭 아드리안 브루워의 공동 번역에서, 그것을 다시 한 번 여기에 적어본다.

›국가의 배신, 붕괴, 혼돈, 우리 민족이 던져진 심각한 상황, 보스니아·헤르체고비나의 전쟁 (세르보크로아티아 말로는 ›rat‹(랏), 세르비아 민족의 근절, 그리고 나 자신의 질병으로 인해 내 삶은 무의미하게 되었다. 그래서 나는 그 질병에서 벗어나기로 했다. 특히 나라의 몰락으로 인한 고통으로부터, 이 모든 것을 더 이상 견딜 수 없었던 나의 기진맥진한 유기체를 극복하기 위해.‹

(Slobodan Nicolic, 드리나 강변에 있는 바지나 바스타 근처의 Perucac 마을, 1992년10월8일)

[11월 27일 - 12월 19일 1995]

꿈꾸었던 동화의 나라와 작별

III

겨울여행에 대한 여름 후기

>생각해 볼 것: 역사, 특히 자기 시대의 역사를 쓰고 읽는 것이 허용될 수 있는지.<

세인 시몬 공작(1675-1755)의 회고록 제1장 머리말

>여름이었고, 아침은 아름다웠고, 나무들은 초록색이었고, 초원은 풀과 꽃으로 덮여 있었다.<

랜슬롯과 진노버의 중세시대 서사시, 841쪽

1995년 말 세르비아의 겨울여행에 관한 내 이야기에 대해 6개월이 지난 지금 그 후기가 필요하다고 여겨진다.

늦은 봄에 나는 베오그라드에서 세르비아 친구들, 즉 어학선생님이자 번역가인 차르코와 화가이자 자동차 운전수로 처세에 능한 즐라트코를 만났다. 첫 번 여행처럼 우리가 바라던 방식으로, 서부 세르비아의 국경도시 바지나 바스타로부터 비셰그라드01)란 도시에, 다시 말해 보스니아에서 >스릅스카 공화국<의 소도시에 가기 위해서다. 그곳에 있는 드리나강 위의 다리와 작가 이보 안드리치 때문이다. 단지 그런 이유다.

새로운 여행의 계기는 내 소설을 세르비아어로 번역하는 일이었다. 나는 책을 가지고 두 명의 세르비아 친구와 함께 차를 타고 곧장 베오그라드에서 벗어나고 싶었다. 첫 번 여행처럼 나는 세르비아에 여행객으로 급하게 왔다. 단독으로. >개인 부담으로< 첫 번 여행보다 더 적은 비용으로 계획을 세웠다. 우리 여행 중에 무

---

01) 비셰그라드 [Višegrad] : 보스니아-헤르체고비나의 동부에 위치한 작은 도시로 스릅스카 공화국에 속하여 있다. 드리나강이 이 도시를 통과해 흐른다. 2007년에 유네스코 세계 문화유산으로 지정된 메흐메드 파사 소콜로빅 다리(Mehmed Paša Sokolović Bridge)가 이 도시에 있다. 16세기 말에 지어진 이 다리는 오스만 제국의 발달된 건축 기술을 보여주는 건축물로 유명하며, 1961년에 노벨문학상을 수상한 이보 안드리치(Ivo Andrić)의 『드리나강의 다리』(The Bridge on the Drina)에 등장하는 것으로도 널리 알려져 있어 이 도시의 관광 명소로 꼽힌다. 보스니아 전쟁 기간에는 이 도시에서 무슬림 대학살이 자행되었다. [네이버 지식백과] 비셰그라드 [Višegrad] (두산백과)

엇인가를 기록했지만, 메모들은, 아니 어떤 메모도 만들지는 않았다 .

베오그라드의 강변 평야에 있는 유고슬라비아 비행장 착륙 때 대단히 무더웠다. 비행장 주변의 풀들이 아주 길게 자랐지만, 꽃이 피지 않은 채, 봄은 오래전에 지나고 이미 여름이었다. 중앙 도로에 주유소가 다시 영업 중이었다. 옛날처럼 도로 가장자리에서 용기로 기름을 파는 사람들은 없었다. 그리고 도시 한가운데에서 파업하는 노동자들은, 비록 대규모로는 아니더라도, 국영 기업체들에서 나와 그들의 밀린 임금을 요구하면서 유고슬라비아연방 정부의 공공건물 앞에 모여 있었다. 높은 창유리 뒤에는 가끔 정치인이나 정치비서관의 얼굴이 보였다.

여기 베오그라드에서는 며칠간 더 머물러 있을 뻔했다. 선박억류조치가 해제된 후, 화물선 일단이 다시 다뉴브강을 통과해서 외부에 있는 체문시(市)로 떠났다. 더운 날씨의 첫 천둥소리는 사나운 소란과 으르렁거림으로 급변했다가, 이어 번개가 칠 때는 조용했다. 그리고 천둥이 쳤다가 다음은 곧 조용해졌다. 그리고 다음 붉은 별 팀과 파르티산 베오그라드 팀 사이의 축구 우승배 쟁탈전이 티토의 영묘와 가까운 도시 외곽에서 벌어지고 있었다. 거대한 관중이 ─ 거인족으로서 관중 ─ 순수한 세르비아 도시 팀 주

꿈꾸었던 동화의 나라와 작별

변에서 열광하고 있었다. 마치 한때 대(大)유고슬라비아 결승전처럼. 예를 들어 츠르베나 즈베즈다 베오그라드와 디나모 자그레브[02], 또는 파르티산 베오그라드와 하이두크 스플리트[03], 또는 올림피아 류블리아나[04] 사이의 축구경기처럼. 짙은 연막탄이 녹청색, 유황색, 청색으로 붉은 별 팀 골문 뒤에서 계속 솟아올랐고, 파르티산 팀 골문 뒤에서는 연기가 피워 올라, 지지자들을 넘어 아래쪽 잔디밭에서 뛰고 있는 선수들을 뒤덮었다. 긴 중간 시간 동안 경기장 안에서는 어떠한 움직임도 볼 수 없었다. 피어오르는 연기 속을 급히 움직이는 운동복 차림의 사람들 외에는 아무도 없었으며, 시선은 거의가 청중을 주시하고 있었다. 모든 좌석과 입석에서 과잉 행동과 흥분이 여기 작은 세르비아에서, 마치 리예카[05]에서 마케도니아에 이르는 디나르 영토[06] 전체를 포괄하는 옛날과 비교했을 때, 열광적인 팬들의 모습이 역설적인 상황은 아니었다. 나는 그냥 바라만 보다가, 눈을 깜빡이며 뒤로 물러섰다.

마침내 무덥고 전쟁전이나 자동차 통행금지 때보다 더 요란스

---

02) 크로아티아의 수도
03) 크로아티아의 제2의 도시. 로마 황제 디오클레티아누스가 만든 항구도시
04) 슬로베니아 수도
05) 크로아티아 서부에 있는 도시.
06) 디나르 영토는 디나르알프스 산맥 즉 발칸반도의 북서부 크로아티아, 슬로베니아, 보스니아헤르체고비나, 마케도니아에 걸쳐있는 전 지역을 가리킨다. 대(大)유고연방이 분리 독립되기 이전의 영토 모습.

럽고 시끄러운 수도에서 벗어나, 세르비아 공화국이 내준 간결한 첨부서류 한 장을 구비해서, 서쪽 보스니아 산맥 쪽으로 갔다.

그것을 가지고 우리는 먼저 베오그라드의 중심부 대로변에 막히지 않는 곳으로, 그다음 점점 복잡해지는 사무실 건물이나 소기업 건물 쪽으로 갔다. 층마다 공간들의 파손상태 혹은 임시조치상태가 혼란스러웠다. 스릅스카 공화국의 대표부는 마치 많은 거래소 중 한 곳으로 추측건대 옹색한 주문을 기다리는 출장소처럼 임차되어 있었다. 여러 번 문을 잘못 들어갔다가 마침내 우리 담당 방에 들어갔는데, 그곳 역시 예상했던 라도반 카라지치나 라트코 믈라디치[07]의 초상이 벽에 붙어있지는 않았다. 오히려 전형적인 가파른 보스니아 목장 풍경화 한 장이 걸려 있었다. 숲으로 둘러싸인 빈터의 마차길이 그림 가장자리에서 그림 가장자리까지 허리 높이까지 자란 목초 속으로 사라지는 풍경화였다. 그 앞에 있는 텅 빈 2개의 책상 옆에 두 명의 여름옷을 입은 여인들이 있었다. 유고슬라비아 전체를 위한 독특한 우아함과 - 의식적인 태도 없는 자부심, 배려와 침착한 마음에서 온 자부심으로 - 시골 (농부가 아닌) 풍의 기대감을 가지고, 우리 세 사람을 바라

---

07) Radovan Karadžić(1945~) : 1992~1996년 스릅스카 공화국의 초대 대통령.
Ratko Mladić(1942~) : 스릅스카 공화국의 참모총장. 믈라디치는 1992년부터 1995년에 걸쳐 행해진 사라예보에 대한 포위 공격과 1995년 7월 11일에 스레브레니차에서 8,300명 이상의 보스니아인이 살해된 스레브레니차 학살과 관련해 집단 학살, 전쟁 범죄, 인도에 대한 죄 등으로 헤이그의 구(舊)유고슬라비아 국제형사재판소에 기소되어 있다.

꿈꾸었던 동화의 나라와 작별

보는데, 좀 당황스러웠다. 그렇다. 그들은 우리를 처음부터 적이나 악의를 품은 자로 그들 나라에서 추방당한 그런 사람으로 보지는 않았다. 다시 말해 자국민을 폭력범, 학살자, 비유럽적인 미개인 중 하나로 꾸미기 위해 많은 단어와 문장들을 다량으로 사용하지는 않으리라고 보았다. – 그런 식으로: ≫운 좋은 여행!≪⟨Sretan put!⟩

그 다음은 베오그라드에서 벗어나 ≫전형적인 세르비아≪ 평야에서 다시 딕켄산 방향 (드리나강 뒤에, 보스니아 뒤에) 으로 갔다. 지난번 겨울여행 때와 마찬가지로, 정확하게 같은 장소에서, 길을 잃고, 다시 한 번 다른 길로 돌아갔다. 지방도로 위에 패인 자국들이 너무 작아서 – 잘 보기가 어려웠지만 – 운전하는 데는 방해가 될 정도의 깊이였다. 그 당시 11월의 눈이 만들었던 많은 곡선보다도 더 울퉁불퉁했다. 산 밑 마을 발예보에서 비로소 올바른 고속도로를 발견했다. 그리고 이 고속도로에는 도로 양쪽에 누군가를 환영하기 위해선지 촘촘하게 사람들이 늘어서 있었다. 그런데 모두가 유니폼 차림이었다. 경찰들인가? 마침내 생각이 났다. 그날은 독일 외무장관이 ≫나머지 유고슬라비아≪(* 세르비아와 몬테네그로)에 그의 공식승인 방문을 한 날이었다. 그리고 지금 막 포도고리차/몬테네그로에서 베오그라드/세르비아로 돌아가는 길이었던 것 같았다. 우리는 커다란 통과도로에서 곧 발예보시(市)를 향해 옆길로 방향을 바꾸었기 때문에 마주치지는 않았다. 위쪽으로 우리가 가는 길은 지난번 겨울여행 때처럼, 눈으로 덮여있지는 않았다. 그리고 어둡지만 밝은 녹색의 데벨로 부르도산[08], 딕켄베르크로부터 오늘 또다시 시원한 바람이 자동차 안으로 스쳐지나갔다.(개울물이 흐르는 골짜기에서) 그리고 오늘 또 긴 오르막길에 솜털부스러기들이 전방 유리창에 가볍게 부딪혔다. 눈 때문이 아니라 개천과 도로변에 자라는 포플러나무들로부터 종자가 솜털에 싸여 눈송이처럼 바람에 날렸기 때문이다. 공중 높이 가득 흩날리면서, 도로 가장자리에는 소복이 또는 드문드문 하얗게 쌓이다가 반시간 정도 지나가면서부터는 ― 대부분이 어린 소나무와 가문비나무뿐이였는데 ― 흩날림이 잠잠해졌다.

고갯길이자 고원목장에서 휴식을 취했다. 이곳에서는 유럽에서 흔한 소들 대신에, 발칸산 돼지, 아니, 세르비아산 돼지들이 풀을 뜯는 걸까? 아니, 게걸스레 먹었다. ― 좀 작은, 흰색 산골돼지로, 마치 디나르 지역의 석회암 바위처럼 풀밭 사이로 솟아오르고 뚫고 들어가곤 했다. 그리고 휴게소에, 외딴 곳에, 작은 돼지들 곁에, 목장의 가장자리에 있는 젊은이는, 그가 방금 끄집어낸 핸드폰을 시험해 보았는데, 이 울창한 산림 속에서 처음으로 그런 새로운 물건을 보았다. 그 다음 도처에서 돌과 헛간 틈으로 다

---

08) Debelo Brdo : 발예보시 근처 서부 세르비아의 산이다. 베오그라드와 보스니아–헤르체고비나를 연결하는 도로가 통과한다.

꿈꾸었던 동화의 나라와 작별

른 젊은이들이 눈에 띄게 나타났는데, 모두가 잃어버린 아들이지만, 집 떠난 지가 오래되어서인지 그 일엔 무관심해 보였다.

마침내 골짜기로 내려가 그곳 세르비아와 보스니아 산 사이에 있는 드리나강을 깊이 아래쪽에서 뚜렷하게 보았다. 그리고 눈보라가 몰아쳤던 작년 겨울을 생각할 수는 없었었지만 – 그때와 마찬가지로 차르코는 강가의 도시로 내려와서 딸과 옛 아내에게로 향했다. ˃바지나 바스타는 저 아래쪽에 있고, 저 아래쪽엔 드리나강이 흐른다!˂ 물론 이것은 현재와 이곳의 표현일 뿐만 아니라 단순한 인용문 이상의 것이다. 첫 여행 때와 거의 똑같이 우리를 부르는 소리가 들려왔다. 아니, 내가 그 지역과 강을 내 이야기에서 다루었다. 우리 세 사람이 동시에 지금 이 세르비아를 지나는 사건의 주인공이 되었던 것이다. 거의 오래된 게임의 주인공처럼. 하지만 그 어떤 것도 탈 현실화할 필요는 없었다. 그 순간도, 현재도, 우리 자신도.

산 아래로, 골짜기 쪽으로, 드리나강 쪽으로 포플러와 버드나무 가지의 솜털들이 다시 흩날려, 활짝 열려있는 자동차의 창문 안으로 들어와 콧구멍을 간질거렸다. 마침내 초여름 이른 저녁에 작은 마을이자 국경도시인 바지나 바스타에 도착했다.

주요 거리의 술집들 앞에 있는 유럽식 천막 같은 양산들이 밤 늦게까지 별빛 하늘 아래 펼쳐져 있었다. 그곳 어둑한 좌석들이 마치 새롭게 정돈된 유럽의 평범한 세상처럼. 그리고 다시, 내가 오랫동안 신뢰해왔던 ›드리나‹ 호텔에 숙소를 정했다. 아마 내가 드리나강에 대해 글을 썼기 때문일까? 그리고 그 전에 테라스에 나와 우리들의 겨울 이야기에 두 명의 인물이 밤에 도착했다. ›지역 도서관 사서‹와 ›차르코의 젊은 날 여자친구‹ ›올가‹였다. (두 ›딸‹과 함께. 물론 딸들은 곧 사라졌다. 왜냐하면, 다음날 졸업시험을 준비해야 했기 때문이다. 사실 제임스 딘이나 혹은 그의 분신을 생각하는 딸들과 무엇을 함께 할 수 있을까?)

여기서 내 여행 이야기에 대한 이런저런 반응 이후, 나는 그것을 기록함으로써 내가 뭔가 부정확한 것, 거짓인 것, 부당한 것을 할 수도 있겠다는 생각을 처음으로 하게 되었다. 그것은 친절한 사서의 반응에 잘 나타났다. 그는 우리가 쓴 책 겨울여행을 어떻게 읽었느냐는 질문에 처음에는 한참 동안 다소 걱정스럽게 우리 세 사람을 바라보다가 마침내, 내가 보기에 약간 상처받은 목소리로 말했다. 우선 첫 번째로 그의 직장 명칭은 그가 나에게 말했던 것처럼 ›도서관 사서‹가 아니라 ›교수‹라고 했으며, 두 번째로 그가 드리나강 다리 위에서, 보스니아 해안으로 가는 길 위에서 불안해했다는 내 서술은 사실이 아니라고 했다. 또 내가 지난번 책에서 언급했던 구슬라르, 즉 호머의 전통을 따라 세르비아 영웅전설을 노래하는 가수 역시 내가 지은 명칭 ›드른다르‹(* drndar, 서창(敍唱) : 대사를 말하듯이 노래하는 형식)를 마음에 들어 하지 않았다. (나는 ›drndar‹를 ›Geschmetter‹ (*연속되는 높은 소리) 란 독일어로 썼고, 옆에 있는 번역자에게 다소 의심스러운 것에 대한 책임을 떠넘기고 있었다.) 그리고 전쟁으로 세르비아 여기저기서 밤이면 난방이 끊긴다고, 내가 숙박하면서 느꼈던 불충분한 난방장치를, ›드리나‹ 호텔 운영자는 부인했다. 또 내가 생생하게 설명했던 버스정류장을, 사장님은 실제 규모가 크고 여러 지역을 운행하는 정류장이기 때문에 이것을 내 책에서 ›빈약한‹ 것으로 다시 발견하는 것에 반대했다. − 그리고 이런 거짓 인용구를 두고 바지나 바스타의 도서관 사서가 우리에게 항상 농담하면서 무언가를 보여주길 원했다는 것을 깨달았다. 그와 그의 작은 도시가 ›문학 속에‹ 나타나는 것을, 그가 얼마나 자랑스럽게 기뻐하는지.

아니오, 나는 출판된 문장들 때문에 다소 걱정스러운 기분이 되더군요. 그것은 올가의 소견이었다. ›바지나 바스타에서 온 여성‹인 그녀는 내 곁에 서서 이의를 제기했다. 그녀는 스레브레니차에서 이슬람교도 천여 명이 드리나강 건너편 동포들에 의해 학살당했음을 ›확신한다‹고 했다. 그녀는 기껏해야 ›나는 믿는다‹ 또는 ›그럴 수 있다‹는 식으로 말하지는 않았다. 그리고 그녀는 큰 거리에 있는 새로운 ›전쟁 승리자의 술집들‹에 결코 발을 딛고 싶지 않다고 했다. 나는 이러한 그녀의 말을 나의 이야기에 넣지 말았어야 했다. 왜냐하면 지금 그녀는 그곳들 중 한 곳을 지날 때마다, (그녀는 바로 그 큰길가에 살았다.) 주인들 중 한 명에게서 ›저주‹의 바람을 맞을지도 모른다는 두려움을 느낀다고 했기 때문이다. 그녀는 그런 비판을 책임자이자 저자인 나에게로 돌리지 않았고, 혼자 중얼거리거나 아니면 밤중에 중얼거렸고, 바로 그때 나는 그녀를 만났다. 그리고 나는 내가 문제되는 논평을 했다고 생각했었고 그리고 생각한다. 비록 내가 그 문제의 발언을 약화시키지도, 결코 생략하지도 않았지만, 그러나 ›문장을 말하는‹ 사람은 ›진실로 바꾸기‹라는 격언의 의미에서, 다르게 말하고, ›수정해서 말하고‹, 다른 이름, 다른 주소를 주어야 했다.

지난번 겨울여행 때와는 달리, 드리나 강변에 있는 국경도시는 지금 목적지가 아니라 통로의 장소였다. 그래서 다음날 아침 드리나강 위쪽으로 계속 올라가 비셰그라드 방향으로, 보스니아로 향했다. 가는 길에, 페루치악[09] 마을에서 잠깐 중간체류를 했다. 올가 어머니인 ›옛날의 여자 파르티산 대원‹을 방문하기 위해서였다. 이 여행은 지난번 겨울여행의 마지막 반복이다. 함께 만난 곳

---

09) Perucac : 바지나 바슈타의 지방 자치단체로, 서부 세르비아의 작은 마을. 세르비아와 보스니아헤르체고비나 사이의 자연 국경을 구성하는 드리나강의 오른쪽에 위치하고 있다.

은 작년 겨울과는 달리 >큰길 – 관리인이 근무하는 작은 집<에서
가 아니라, 과수원 뒤에 있는 야외였다. 독자들이 알아차렸듯이,
내가 언급했던 >감자밭<과는 전혀 연결되지 않았고, 초원지대는
딕켄베르크산이 아니라 (내 두 번째 실수) 오히려 타라게비르크산
의 발치에까지 이르고 있었다. 그곳은 비셰그라드까지 가기 위해
지나야 할 곳이었다. 드리나강의 변두리 길은 마을 뒤에 있는 발
전소의 제방 벽까지 나 있었다.

축제일처럼 만찬이 준비된 연회석에서, 나는 마을 사과밭에서
보았던 품위 있는 부인을, 처음에는 다른 손님으로 생각했다. 그
리고 좀 지나서야 비로소 작년 11월 눈바람 속에서 만났던 우리
들의 여주인으로 다시 알아보았다. 할머니이자, 옛날의 여자 파르
티산 대원이고, 6개월 전에는 작은 집안에서 농부의 머리 수건을
감고 겨울실내화를 신고 있었는데, 지금은 마치 다른 사람처럼
모자를 쓰지 않고, 청동색머리에, 아주 똑바로 서서, 지휘관처럼
어깨를 뒤로 제치고, 마치 여족장처럼, 세련된 가죽구두를 신고
있었다. 계절의 차이가 그런 모습을 만들었을 뿐 아니라, 특히 집
내부에서나 여기 야외에서도 그러한 것이 부인의 본래 모습 같았
다. 그리고 또 다시 잘 익은 포도와 높은 하늘 아래서 풀을 뜯는
양들과 어두운 숲속의 벌꿀이 있었다. (아니, 그건 세르비아 다른
곳에도 있었다.) 그리고 산기슭에 있는 이런저런 작은 농가에서

는, 드리나강 저쪽으로부터, 사라예보로부터 또는 그 외 다른 곳으로부터 온 피난민들이 풀밭 이곳저곳에 새로 가꾸는 아주 작은 줄무늬가 지고, 시험 삼아 지은, 뚜렷하게 자기 소유물이 아닌 채 소밭들이 또 피난민들이 평탄하게 고른 정원들이 있었다. (훗날 보스니아의 모든 곳에서처럼.)

거의 한 농가도 지붕을 가지지 않고, 벌거벗은 4각형 담벼락만 서있는 보스니아의 비탈진 초원에 비하면, 이 세르비아의 강가에서, 커다란 사과들이 바람에 흔들거리는 정원의 풍경은 대단히 건강하게 보인다는 것을 단순히 우리만이 아니라 누구도 부인할 수 없었다. 항상 반복해서 젖어있는 노부인의 눈에는 3번째나 4번째 숨을 들이쉴 때마다 마지막 전쟁이 발발한 후 남편이 총으로 자살했다는 생각이, 아니, 지금 당장 그녀의 눈앞에서, 그녀의 삶에서 사라졌다는 생각이 새롭게 떠올랐던 것이다.

우리는 타라 산맥과 드리나강 사이의 정원에서 짧은 시간 머물렀다. 연달아 방문객들이 울타리 옆에 서서, 문을 열고 들어와 긴 테이블에 앉았다. 이렇게 이곳 시골에서의 주말이 시작되었다. 그리고 일요일 저녁 늦게까지 노부인의 정원에서 계속되었다. 발전소 엔지니어들, 피난민 이웃들, 작은 마을 B.B.에서 또는 대도시 B.에서 온 친척들, 마을 아이들, 장거리 운전사들. 그리고 그 사

　　　　　　　　꿈꾸었던 동화의 나라와 작별

이에, 이 지질학자(* 도서관 사서, 교수)는 어떻게 아드리아해(海)와 자드란해(海) 사이에 바다가 그렇게 가까이 있는지, 또 산맥은 다른 산맥을 이어 북남방향으로 나가고 강들은 서쪽으로 향한다고 이야기하면서 언제나 경탄했다. 지중해를 향해 서쪽으로 가는 계곡은 없다. 그리고 일직선으로 또 단도직입적으로 나가는 것도 아니다. 그와 같은 산악지대 현상들이, 즉 넓은 바다의 장애물들이 전체 보스니아와 전체 보스니아식 역사의식을 함께 결정한 것 같았다. 그리고 비셰그라드는 중앙에 산봉우리를 가진 전쟁 전에 가장 인기 있는 장소였다고 했다. 그 이후로는 아무도 거기에 가본 적이 없다고 했다. 심지어 전쟁이 끝나고 평화로운 시간이 반년이 지났음에도 불구하고.

길고 좁은 꼬불꼬불한 산길로, 주말 오후에 타라 산맥으로 올라갔다. 보스니아 언덕 맞은편 깊은 산속에 잠긴 채 불빛이 비치는 지하통로, 벙커로? 아니, 양송이버섯 재배장소였다. 아래쪽 깊은 곳에 있는 드리나강은, 세르비아와 보스니아의 경사면 사이를 북쪽으로 꽤 직선으로 흐르고 있었다. 그리고 바지나 바스타는 그곳에서 아주 멀리 떨어져 있었다. 흔하지 않은 평야들 중 하나인 밝고 조밀한 사각형 모습을, 번역가로서 나의 오스트리아 캐른튼의 거주지역을 알고 있는 차르코에게는 두 경치가 비슷한 느낌을 주었다고 했다. 그래, 그렇다. 그 지역은 대륙 내부를 포위하고 있는 온화한 산속에 있었다. 초원과 과수원에 의해 리드미컬하게 차단되었다가 밝게 빛나는 침엽수림, 이러한 밝은 숲속의 빈터에는 마을 대신 집이 드문드문 있는 촌락과 개별 농가가 있었다. - 내 고향집 옆을 흐르는 드라우강[10]은 모든 작은 마을들로부터 꽤 멀리 떨어져 있었다. 또 이곳처럼 높은 고원방목지에서 보면 U자형 계곡에 숨겨져 있었다.

그 위에 있는 타라 고원지대는 중부유럽 알프스 산맥의 일부였다. 울퉁불퉁한 풀밭 등성이 위에 가문비나무, 소나무, 양치식물 그리고 차 안에서 보이는 주변의 계곡 모습과는 전혀 거리가 멀었다. 차에서 내려 덤불, 이끼, 버섯이 있는 쪽으로 갔다. 그러다가 계속해서 차를 몰아 마침내 타라 고원 너머로 내려가 ⟩비셰그라드⟨ 표지판 옆에 있는 넓은 도로로부터 방향을 바꾸었다. 그리고 그 전에 이미 두 개의 국경역을 지나야 했지만, 아무런 표시도 없었다. 길고, 물방울이 떨어지는 아주 깜깜한 터널을 지나면 보스니아였든가? 군 복무 중 유고슬라비아를 경험한 즐라트코는, 터널 밖으로 나가자마자 차에 달려들어, 노골적으로 공격하는 털이 뻣뻣한 작은 개를 보고 ⟩보스니아 개가 틀림없다. - 사람이 걸어

---

10) 드라우(Drau)강은 오스트리아 · 슬로베니아 · 크로아티아에 걸친 강. 이탈리아와 오스트리아 국경 카르니셰알펜 산맥에서 발원해 오스트리아 남부를 거쳐 슬로베니아 · 크로아티를 지나 오시예크 하류에서 다뉴브강에 합류. 드라바강으로도 부른다.

꿈꾸었던 동화의 나라와 작별

갈 때, 저 개는 뒤로 물러서지 않을 것이다!《라고 말했다. 그리고 실제로 도로 한복판에서 넓은 원을 그리며 피한 것은 차였다. 개는 가만히 서 있지 않고 이빨을 드러내면서 바퀴와 타이어를 향해 빠르게 돌진해왔다.

하지만 깊은 협곡에서 먼저 세르비아—세르비아 또는 유고슬라비아 국경관리소가 있었다. 그후, 그 나라에 대해 똑같이 익숙한 두 친구는 보스니아는 길가 근처의 장작불과 어린 양고기 및 양고기 관련 냄새로 알 수 있다고 했다. 거기에는 아무것도 없었다. 먼저 한쪽 경계를 따라 더 깊은 계곡의 내리막길, 사람이 사는 곳은 두 국가 사이에 거의 없었고, 심지어 지금까지 왔던 전체 구간보다 짧은 구간이었으나, 열린 차창에 스며드는 냄새는 바로 유고슬라비아 전역에 피어난 아카시아로부터 밀려오는 향기였다. 그들의 녹색은 작은 다발 모양의 흰색으로 변화되었다.

두 번째 국경차단기는 일종의 논둑길 차단기 같았다. 그리고 보스니아—세르비아의 국경지대의 대피소 옆은 들판이 펼쳐져 있었고, 그 길의 한쪽에는 실제로 들판길이 있었다. 그 길로 몇몇 아이들이 싱싱한 초원의 꽃과 덤불숲 꽃다발을 가지고 막 국경초소로 다가오고 있었다. 계곡 사이의 평지에는 석회암의 밝은 빛, 뿌연 먼지 그리고 이른 저녁 무더움이 깃들어 있었다. (드리나 강변에 있는 비셰그라드까지 몇 마일 더 가야 했다.) 우리가 여권과 첨부서류를 내미는 동안, 국경초소에서 아이들이 물을 달라고 했다. 목마른가? 예, 대단이오. 그들은 먼저 그곳에 도착했고, 곧 다시 자기 나라로 돌아가, 사라져버렸다. 그 중 첫 풍경은 야생의 숲과 암석이었다. 우리 세 사람과 같은 3인조의 국경 수비병은 미국의 와이오밍이나 오리건[11] 같은 넓은 서쪽 하늘 아래, 야전용 간이침대와 전화가 있는 그들의 초소로 우리를 불렀다. 어떤 웃음도 어떤 표정도 필요가 없었다. 그랬다. 일종의 피로감? 아무도 목소리를 낼 필요가 없었고, 그 국경초소는 조용했다. ≫아버지의 성? 어머니의 성?≪ 여권 정보 외에 다른 질문은 없었다. 그리고 마지막으로, 우리 세 사람, 수비수 세 사람 중 가장 젊은 국경 수비병인 장교가 말했다. ≫대단히 젊어 보이십니다. 나도 젊어 보이고 싶군요.≪

국경을 지나서 첫 번째 지역 표지판은 ≫도브룬≪이었다. 그러나 이 마을은 이름 외에는 지붕, 문, 창문이 없는 벽들만 남아 있었다. 약탈당한 집? 집으로서 집들, 약탈된 것처럼 보이는 집들, 그것은 그 자체로 완전한 파괴보다 더 나쁜 것으로 보였다. 이러한 약탈의 방법으로 각각의 집 한 채가 파괴된 것이 아니라, 말하자

11) Wyoming : 미국의 중서부에 있는 주. 인디언 말로 '큰 평원(large plains)'이란 뜻.
   Oregon : 미국의 태평양 연안에 있는 주.

면 집 그 자체, ›집‹으로의 집, 집의 본질이 파괴된 것이다. (이것이 바로 파괴의 한 형태로 파악될 수 있다.)

그리고 여기서 우리 세 명의 남자는 이른 여름에 차를 타고 가면서 지난겨울 세르비아 이야기는 되풀이하지는 않았다. 이미 일어나고 기록된 역사의 사람들이 되고 싶지는 않았다. (그렇지만, 그것은 휴양, 즐거움, 그리고 무엇보다도 위안이 될 수 있었다.) 그리고 늦어도 다음날 저녁, 밤 그리고 그 다음날, 비셰그라드에서는 지난겨울 이야기에 추가하거나 보충하는 것이 필요할 것으로 생각했다.

우리는 모두 비셰그라드를 정상적인 도시로서 생각하고 있었다. 그리고 비록 작은 도시일지라도, 여전히 도시를 둘러싼 세계적인 혹은 서양적인 건물들을 기대했다. 그러나 분명히 기대할 수 있는 것은 거의 없었다. 마침내, 시장 거리나 남국 또는 동양의 축제 모습에서 기본적인 정보를 얻는 것이 고작이었다. 하지만 뜻밖에도 드리나강은 하류에서 폭이 넓게 계속해서 흘러 바지나 바스타로, 세계적으로 유명한 터키교의 입구로 가고 있었다. – 그 다리에는 생각했던 것보다 곡선들이 많았다. – 우리는 이 먼지투성이로 부서져 있는 주변의 간이건물이 있는 곳이 모두 비셰그라드 지역이라는 것을 알아차렸다. 빠르게 흐르는 강 건너편에 늘어선 집들은, 차라리 흔히 보이는 가파르게 솟아오른 울퉁불퉁한 땅, 덤불과 돌무더기 일부처럼 전혀 도시적으로 보이지 않았고, 가축이나 사람이 다니는 오솔길이 교차하고 있었다.

도시에는 집이 흩어져 있다기보다는 텅 비어 있는 것처럼 보였고, 토요일 오후 때문만은 아니었지만, 우리는 강 오른편, 바로 옆에 있는 넓은 호텔 》비셰그라드《에서 다행스럽게도 마지막 남은 세 개의 방을 구할 수 있었다. 다른 곳에선 이즈베글리스(izbeg-lice), 피난민, 즉 새 이민자 또는 수용자들이 살고 있었고, 많은 창문에서 빨래들이 막 열린 세탁기에서처럼 쏟아져 나왔다. 사람들은 보이지 않았다. 비록 황량했고, 현관은 조용했지만, 어쩌다 들리는 아이들의 울음소리는 생명의 신호였다. 그런데, 몇몇 징후를 보면, 여기에 적지 않은 아이들이 머물러 있었다. 그들은 심지어 젖먹이 아기들이었다. (그러나 그들이 젖을 먹고 있었을까?) 우는 것을 잊은 걸까? 비탈진 곳에서 만난 노부인 한 분은 두 손으로 머리로 감싸거나, 두 귀를 막으며, 다음에 우리가 좀 더 자주 만날 수 있을 것이라는 태도를 취했다. 그것은 보스니아에서 늙은 이부터 젊은이에 이르기까지 가장 흔한 태도였다. 그리고 내가 일상적으로 계속되는 여행에서 강한 분노를 느꼈을 때, 친구 중 한 명이 그 노부인에게 어디서 왔는지, 어디로 갈 것인지 물어보았다. 노부인은 어떠한 질문에도, 어떠한 자료조사에도, 하늘이나

꿈꾸었던 동화의 나라와 작별

다른 곳으로 가버린 무엇인가에도 자신을 연관시키지 않았다. 그래도 매번 대단히 열심히 답변에 참여했고, 대단히 섬뜩한 개별적인 사항을 덧붙여 가며 나를 위로하고 안심시켰다. 그리고 보통 우리 세 명의 여행자가 하는 모든 질문에 결말을 떠맡는 그런 사람이었다. ─ 다시 생각해보니 홀로 침묵 속에서, 말없는 태도와 말없는 물건들, 그리고 그들의 부속물들이 우리에게 말을 한 것 같았다. (예를 들어, 그곳 호텔 ›비셰그라드‹에서 그 나무상자들이 한 층에서 다음 층으로 전쟁 전에는, 확실히 꽃들을 위한 것이었다. 하지만 지금은 흙더미로 가득 찼고, 건조하고, 아주 단단해져서, 그 어떤 성장도 상상할 수 없을 정도였다.) 우리 각자는 저녁까지 혼자 머물렀다. 예를 들어, 나는 갈라지고 퇴색한 비셰그라드 지역의 언덕 중 하나를 올라갔다. 내 목적지는 세르비아 정교회였다. 450년 된 다리 옆에 주목해서 볼 수 있는 넓은 유일한 건물이었다. (처음에는 오늘날 가능한 한 평화롭게 존재하는, 세계적으로 유명한 다리를 보고자 했다. 그 다리는 이 보스니아 산맥들 사이에서 단지 몇 발자국만 옆으로 걸어가면 충분히 보였는데, 사진 속에서는 볼 수가 없었다. 마을과 강 등을 포함한 땅 전체가 사라졌고, 방금 보였던 기독교 묘지 대신, 다른 수로를 가진 완전히 새로운 이슬람교 묘지가 나타났다.)

교회 문은 닫혀 있었지만, 내일 일요일 미사를 알리는 종이 한 장이 붙어 있었다. 이것은 일반적인 정체와 폐쇄 속에서의 계획이었다. 양파 모양의 지붕을 한 탑을 가진 교회는 19세기 말 오스트리아 합스부르크 왕가의 지배를 받았던 비셰그라드 시대의 것이었다. 그리고 바로 비탈진 초원 아래에는 석공이 새롭게 연마한 군인 – 또는 아마도 더 정확한 번역인 ›보락‹, 즉 전사들의 묘지가 백 개 정도 있었다. 그리고 그후 스웨덴에서 이탈리아를 경유하여 수입된 더 많고 진한 검은색 사각형 석재들이 있었다. (왜 대리석일까? 아니면 매끄럽게 다듬은 석재? 거기서 바로 나오지 않았나? 이탈리아엔 밝은 대리석밖에 없으니까?) 그리고 각각의 석주(石柱)비문에는, 보통 유니폼을 입고 무기 아래 놓여있는, 죽은 사람의 실물크기의 초상화가 있었다. 그리고 이름에 추가되어 있는 것은 ›Srpski borac‹, 즉 세르비아 전사였다. 그들 대부분은 보스니아 최초의 전쟁 시기인 1992년에 사망했다. 그리고 묘비 뒷면에는 전체 모습이 거의 실물 크기인 초상화가 새겨져 있었다. 시민과 평화의 시대에 찍은 사진에서 자유롭게 볼 수 있었다. 미래의 전사는 하얀 운동화를 신고 꽃밭 중앙에, 또 다른 사람은 입구 옆에 앉아 있었다. 드리나강의 다리 위 만남의 장소, 이보 안드리치에 따르면, 수세기에 걸쳐 이곳은 계속 울리는 아코디언을 가진 젊은이들의 만남의 장소였다. 여전히 전날의 무더움 그리고 검은 줄무늬가 쳐진 묘지에는 살아있는 영혼이 없었다. 시내를 내려다볼 때, 이슬람사원의 높은 첨탑인 미너렛의 흔적은 없었다.

꿈꾸었던 동화의 나라와 작별

1989년 베오그라드에서 출판된 작가 안드리치의 삶에 관한 책에서 보았다. (지난 세기의 그림 중 하나에서 나는 2개를 세어보았는데, ― 이곳 정교회의 탑은 아직 지어지지 않았다, ― 그 중 다른 하나는 최근 것이었다. ― 비셰그라드는 이슬람교민이 과반수를 차지했다. ― 적어도 6할이었다. 꼭대기 중 하나가 공장 굴뚝이었던가? 하지만 전쟁 후에는 존재하지 않았다.)

드디어 강과 여관 테라스에서 세 번째가 되는 저녁이었다. 처음에는 드리나강의 물소리가 선명하게 들렸고, 가장 중요한 것은 12개의 다리 기둥 사이를 흐르는 한결같은 소리였다. 그 소음과 울림은 호텔 밴드의 옛 유고슬라비아 음악 속으로 곧 사라져버렸다. 그곳 콘크리트로 건축된 야외 강당에서 추가되는 소음과 함께 귀가 아플 정도로 시끄러웠다. ›너무 시끄러워. 세르비아어식이야. 세르비아인들이야!‹ (이 말을 거의 자랑스럽게 테이블 옆에 앉았던 세르비아인 츨라트코가 말하자, 또 다른 세르비아인 차르코가 전형적인 세르비아식 몸짓으로 점점 더 추운 밤을 향해 손을 뒤로 흔들었다.)

나뭇잎으로 덮인 지붕 아래 주차장처럼 손님을 위한 넓은 정원이 토요일 저녁에 우연히 열렸다. 아주 조용하거나, 말수가 적거나, 과묵하고, 하얀 셔츠와 하얀 블라우스를 입은 젊은이들은 뻔뻔스럽고 전형적인 세르비아 여가수의 날카로운 음향과 악단의 소란 속에서 누구도 자신의 말을 이해할 수 없었을 것이다. 그 다음 몇 시간 동안, 한 조각 빵이라도 먹을 수 있게 무엇인가가 차려져 있는 테이블도 없고, 그리고 춤을 추는 자 아무도 없었다. (또는 내가 춤추는 사람들을, 즉 지역사람들과 피난민들의 춤을 인지하지 못했는가?) 그리고 어둡고 불빛이 없는 회색빛으로 희미한 ─ 파리의 베르사유 밤의 성(城)과 비슷하다 ─ 어둠속에 길게 뻗어있는 세계적인 다리는 저녁의 이곳저곳의 화려한 길과는 거리가 멀었다. 특히 고립되어 늦은 시간에 집으로 돌아오는 사람에게는.

깊은 밤 〉호텔 비셰그라드〈의 방에서 열린 창으로 밖을 바라보았다. 배후에 있는 도시는 조용했다. 육중한 모습으로 어둠 속에서 희미하게 빛나는 다리는 그사이 완전히 적막에 쌓여 있었다. 이미 여름을 맞아 남쪽에선 밝은 기운이 감돌고 있었다. 그리고 그 아래에는 아무것과도 연결되어 있지 않은 지형이 있다. 이 사진은 정확히 4년 전 이 지역의 이슬람 집단에서 발생한 살인에 대한 보고서들의 우려에 의해 지워졌다. 많은 희생자들이, 저기 다리 난간으로부터 총을 맞았다고, 목격자들은 (여기 내 방과 같은 호텔방에서) 말했다. 그 모든 것은 젊은 세르비아 민병대 지도자의 명령에 따라 이루어졌다고 했다. 그 사이 사라져버린 이 남자에 대해 같은 이야길 여러 번 전하고 있는 뉴욕 타임즈의 기사가 나에게 특별하게 남아있다. - 그의 주요 특징 - ›늑대들‹로 명명된 민병대 사이를 ›자주 맨발로 걸었던‹, 그리고 이슬람교도들의 진술에 의하면 도시에서 온 이 세르비아 군인이 포로로 잡혀 감금되고, UN 경찰관에 의해 심문을 받지만 나중에 교환되고 똑같이 사라져버렸다는 기사다. (신문에는 거의 확실하게 ›부패‹라고 쓰여 있었다.) 그리고 나는 왜 이 전쟁에서 잔악한 행위의 주요 증인들에게 쉽게 교환의 자유가 주어졌는지, 하는 질문을 피해 갈 수가 없었다. 이런 종류의 보고서들 중 거의 모든 경우에 나타나는 사실들이고, 매번 확실하게 전달된 것이다. 만약 이러 이러한 목격자가 그렇게 나쁜 짓을, 그렇게 위험한 짓을 알았다면, - 왜 그를 교환하고 석방했을까? 그리고 왜 이 기사는, 1992년 늑대라는 별칭으로 불렸던 비셰그라드의 세르비아-보스니아 민병대[12]가 수개월 간의 분노에 대한 완전한 자유를 가지고 있는 것처럼 행동했다고 쓰고 있을까? 또 전체 도시가 몇 안 되는 야만인들에 의해 수백 명의 희생자를 잔인하게 학대하는 끔찍한 놀이터로 변했다고 쓰고 있을까? (세르비아-세르비아 군대[13]는 보통의 언론 보도처럼 국경 너머에서 아무런 관여도 하지 않고, 평소처럼 습관

---

12) 세르비아계 보스니아 국민으로 구성된 민병대. 늑대라는 별칭을 갖고 있다.
13) 세르비아 국민으로 구성된 세르비아 군대.

적으로 지켜보았다.) 그렇게 보스니아의 거의 모든 곳에서 서로 싸우는 내전이 발발하지 않았던가? 어떻게 그런 자유형 테러가 이미 전쟁을 위해 군비를 잘 갖추고 있는 대다수 이슬람 시민들에 대항해서 일어날 수가 있는가? 다리 입구에 있는 작가 이보 안드리치의 기념비는 전쟁이 발발하기 1년 전에 전쟁에 대한 신호로 폭파되었다. 누구에 의해 폭파되었을까? 주목할 만한 것은, 바다를 건너 날아간 진술 수집가들에게는 거의가 판매대를 통해 오로지 그들의 이야기, 그들의 특종 기사, 그들의 노획물, 그들이 판매할 수 있는 것에 관한 것뿐이었다. (처음에는 전혀 무시할 수 없는 것들이다.) – ﹥목격자들은 말했다﹤, ﹥생존자들은 말했다﹤, 이런 식으로 문장의 단락(段落)을 바꾸어가며, 마치 인증 스탬프를 찍듯 기사를 쓰고 있다. – 그러나 보다 깊이 파고드는 문제의 해명작업과 계몽작업에 대한 연관성은 거의 없다. 이미 오래전에 사라졌지만, 한때 위엄 있었던 ﹥세계적인 대신문들﹤도 보스니아와 유고슬라비아에 관해서 이전 역사를 번갈아 가며 자세히 설명하고 있지 않다. 문제적인–표현, 그것은 무가치한 결론보다는 근본적으로 다른 의미를 지닌다. (전혀 마음에 들지 않는, 옷을 벗은 채, 뻔뻔스럽게 노려보는 듯한) – 보스니아산 뒤에 있는 비셰그라드로 취재를 위해 가도록 고용된 맨해튼의 저널리스트들은, 그곳에서 도시를 탈출한 여자 목격자, 다음으로 어머니와 여동생이

　　　　　　　　꿈꾸었던 동화의 나라와 작별

다리에서 떨어졌을 때, 테네시 윌리엄스식 표현방식[14]으로 »더 브릿지(다리), 더 브릿지, 더 브릿지! ... « 라고 쓰고 있다.

그리고 5월 어느 일요일 아침, 드리나 강변 왼쪽에 있는 우거진 덤불숲 사이로 쨍쨍 내리쬐는 태양 아래에서 몇몇 낚시꾼들의 모습을 보면서, 비셰그라드의 전시(戰時) 상황보고에 대한 또 다른 기억을 하게 된다. 작가 역할을 하는, 가장 좋게는 제2의 알베르 카뮈 역할을 하는, 비(非)저널리스트의 기억. 자신의 기록에서 정황 증거를 찾거나, 이야기를 추적하거나 혹은 발견하는데 관심을 가지지 않고, 오히려 작은 부분으로 나누어서 맨 처음 믿을 만하게, 믿을 만한 개별현상으로 창작물을 만들어, 어떤 신문에도 기고하지 않고, 단지 이런저런 개인에게 보내진 어느 여행자의 기억이다. – 비셰그라드에서 온, 다리가 절단된 한 낚시꾼은 드리나 강에서 그의 낚시를 다리 위에서만 던질 수 있다. 밑의 경사진 제방에서는 올바르게 몸을 지탱할 수가 없기 때문이다. 그래서 장애인은 물고기를 잡을 때, 낚시 기회를 훨씬 적게 가지게 된다.

그리고 마침내 나는 메흐메드 파샤 다리를 건너갔다. 이 지역

---

14) Tennessee Williams(1911~1983) : 미국 미시시피 출신의 작가로 주문을 외우는 듯한 반복법의 사용, 시적인 남부 사투리, 괴기스러운 배경, 성적 욕망에 대한 프로이트식 해석 등으로 유명하다. 20편이 넘는 장막극을 썼는데 그 중 1940년대에 『유리 동물원』(The Glass Menagerie, 1944)과 『욕망이라는 이름의 전차』(A Streetcar Named Desire, 1947)가 성공작으로 꼽힌다.

출신으로 16세기 이스탄불에서 오스만 제국의 수상을 지냈던 메흐메드 파샤 소콜로비치와 그 후예들의 다리였다. 다리 중간에 있는 아름답지 않은 오스만 제국의 글씨를 새긴 왕묘의 비문 유사한 높은 돌기둥 곁을 지나갔다. 그리고 그후, 텅 빈 다른 쪽 강가로 갔는데, 길거리 한 장소에 암석 붕괴로인해, 사람들이 움직이지 않고 모여 있었다. 이른 아침에 버스를 기다리고 있는 사람들은 어디로 가야 할까? 왜냐하면 강 상류에서 가까운 고라즈데[15]는, 주변에서 유일하게 다른 도시로, 그 사이 적대국이 되어서일까? (아직도 다리 입구 바로 옆에는 떨어진 머리와 함께, 전복된 안드리치 동상이 있었고, 그 옆엔 새롭고 똑같은 기념비가 나란히 세워져 있었다.)

나는 다리를 건너가면서, 앞서 언급한 비셰그라드 출신인 작가의 소년 시절 서약이라는 짧은 글을 기억하며, 숲속 오솔길로 들어가는 산등성이를 생각했다. 대륙을 가로질러 여행한 것을 노래한 것도 아니고, 나이 많은 작가에게 세계를 의미했던 역사가 층층이 쌓여 겹친 이슬람−정교회−가톨릭−유대교의 드리나 강변 정착지를 노래한 것도 아니었다. 처음도 마지막도 먼지 나는 산길 옆 야생의 세계였다. 그곳이 그에겐 전 세계였고, 그곳이 그에겐

---

15) Gorazde : 보스니아−헤르체고비나 연방 동쪽 끝에 위치한 보스니아포드리네주(州)의 주도(州都).

사랑이었다. 산길들은 얼마 전까지 지뢰가 부설되어 있었다. 그러나 지금은 자유로웠다. (어떠한 긴장도 없었다.) 나는 초라하게 보이는 식물들 사이로, 꽤 오랜 시간 동안 위쪽으로 아래쪽으로 오르고 미끄러지면서 걸어갔다. 이 식물들을 작가는 또 다른 똑같이 짧은 회상의 텍스트에서, 보스니아 내부에 살면서 바다를 동경하는, ≫무명인≪으로 부르고 있다. 왜냐면 일곱 혹은 더 많거나 적은 산맥들 뒤 서쪽으로, 두브로브니크와 아드리아 해안 가까이 이 식물들은 그에게 ≫야자수≪나 ≫로즈메리≪ 같은 이름을 가진 존재로 옮아갔기 때문이다.

드리나 강변의 시냇물 중 하나에서 왼편에 있는 비셰그라드 교외에 늘어선 집들, 빈틈과 함께 오래된 집들, 완전히 평탄하지는 않고, 플라스틱으로 지붕이 덮여있고, 창이 달려있는, 특히 세르비아인의 사라예보[16]−군사징병 구(區)에서 ≫새로 온 사람들≪을 위한 임시거주지가 있었다. 그리고 그 앞에 공원을 겸한 놀이터들이 허술하게, 단지 한 계절을 위한 것처럼, 마치 뜨내기 일꾼들을 위한 것처럼, 조성되어 있었다. 외부에서 개천 길 위로 덮개가 갈라진 틈 사이로 인사를 하면, 그 중 절반 정도 익숙해진 사람들은

---

16) Sarajevo : 보스니아−헤르체고비나의 수도. 보스니아−헤르체고비나는 1992년 3월에 유고슬라비아로부터 독립하였으나, 그 과정에서 발생한 민족 간의 분쟁으로 사라예보는 내전의 중심지가 되었다.

응답을 했다. – 아마도 오늘 일요일이니까?

저쪽 편에 있는 교회 언덕에서 처음으로 금속성 종소리가 들렸을 때, 강둑 위로 높이 올라간 후, 우거진 숲 무더움 속에서 드리나강의 제방을 아래로 그리고 하부면(下部面)까지 내려가겠다고 결심했다. – 물은 없었다. 이야기로 전해오는, 물에 빠져죽은 시체들이 층을 지어 쌓여있는 모습이 보이는지! – 갑자기 오싹하는 기분이 들었다. 다리의 11개 아치는 멀리 떨어져 있으면서도, 이상하게도 명료했다. 그리고 11은 첫눈에 숫자로 생각되었다. 눈을 똑바로 뜨고 홀수, 짝수 이렇게 헤아리면서 해안가로 되돌아갔다. 피난민 한 명이, 임시 가(假)건물에서 강을 거슬러 올라가다가, 아직 소년 같은데 무심히 침을 뱉는다. 내 앞으로? 이 길을 따라 여러 사람이 〉이런 식으로〈 걸어갔다. 각자가 자기 방식으로. 그리고 바위 언덕에서 새로운 버스를 기다리는 한 무리, 어느 목적지로? 질문은 그만. 그리고 다시 다리 위로 돌아오는데, 금속성 종소리가 울렸다. 그런데 왜 교회에 가는 다른 신도들은 나와 함께 초원과 과수원 길을 올라가지 않았을까? (아무도 그것에 대해 질문하지 않았다.)

언덕 꼭대기로 올라와서 오랜 시간 열려있던 문을 통해 정교회 예배당으로 들어갔다. 외부에서는 작게 보였는데 건물 내부는,

꿈꾸었던 동화의 나라와 작별

마치 내가 살고 있는 파리의 교외에 있는 러시아 교회처럼, 성직자의 방 앞에 있는 성화(聖畵)상 칸막이벽에도 불구하고, 놀랄 정도로 넓었다. 미사 준비에 열중하고 있는 성직자와 그의 보조뿐이었는데, 나는 처음에 침입자처럼 느꼈다가, 곧 자유스런 마음을 되찾았다. 교회 아래쪽에 있는 전사자묘지는 높이 자란 여름 곡식들로 둘러싸여 있었고, 그 사이로 검은색으로 서로 뒤섞여 있는 내모난 묘비들에는, 추모객들이 와 있었다. 처음에는 거의가 여자들이었다. 늙은 여자들이 비석 앞과 뒤에 쪼그리고 앉아, 묘비들과 일체를 이루고 있었다. 그들은 그들 가족 묘지를 스펀지와 행주로, 집에서 보다는 아주 세심하고 성실하게 닦고 또 닦았다. 그리고 곁에 있는 조각상이나 동판화를 집에서는 이례적이라 할 수 있는 다정함과 가끔은 중압감을 가지고 청결하게 손질을 했다.

그리고 이제는 아들의 무덤 뒤편에서 발꿈치로 쭈그리고 앉아, 각자가 노래나 기도 혹은 부르는 일 혹은 단순히 흐느낌을 시작했다. 이미 묘지의 받침돌은 오래전에 깨끗해졌지만, 어머니나 할머니는 계속해서, 계속해서 닦아내고 있었다. 우리 남부에서 ≫장례식 때 대가를 받고 울어 주는 여자≪를 생각나게 하는, 악을 쓰며 울거나, 날카롭게 외치거나, 슬피 울거나, 끊임없이 울부짖거나 하는 그런 것은 전혀 없었다. 오히려 고통 외에는 아무것도 없었다. 그리고 안내하고, 강조하고, 자제하는 관대(棺臺)의 독백은 어느 누구를 향하지도 않았다. 또한 시체에게 이야기되어지고 노래된 것도 아니었다. 낮은 목소리로 속삭이지도 않고 아주 조용했다. 가슴에서 우러나왔지만, 더 이상은 아무것도 없었다. - 어떤 관여도 어떤 강조도 없이, 모든 소리, 모든 말이 그저 입술 위를 맴돌면서, 그 이상의 어떤 숨소리도 없었다. 아무 의지나 의도된 것도 없었다. 오직 목소리의 노력, 즉 〉소리 지름〈 없이 표현하는 슬픔, 아니, 숨 쉬는 사이, 사이 흐느껴 우는 불쌍한 인간의 사별(死別)의 고통. 그래서 아마도 다른 일요일 아침 고요함으로 은혜를 받는다면, 그것은 남녀가 하늘에 이르는 그런 것이 아니라, 아주 다르게 허공 속에서 마음을 향상시키고 위안을 찾는 아리아[17]로서 채울 것이다. 내가 비셰그라드에서 이보 안드리치와 함께 할 수 없었던 드문 순간들 중 하나는, 그가 작품 『드리나강의 다리』에서, 그 지역에서 수세기를 거쳐 라우테[18]의 연주를 그때그때 슬픔에 빠진 사람들의 연인으로, 또 그들 자신의 고통으로 묘사했다는 점이다. 나는 그런 말을 주의 깊게 듣지는 않았다. 지금은 그런 말을 들을 수도 없었다. 그리고 말해질 수 있는 것은, 세르비아 정교회 묘지에 울려 퍼지는 만가(輓歌)[19]는 어디서나 똑같지만 단지 진술되는 고통만은 다양하다는 것이다.

---

17) 오페라, 칸타타, 오라토리오 등에서 나오는 선율적인 독창부분(드물게는 2중창).
18) 16세기를 중심으로 유럽에서 유행했던 현악기
19) 죽음을 애도하는 노래

　　　　　　　　　　　꿈꾸었던 동화의 나라와 작별

드디어 예배: 사람들이 서로 밀치고 들어와 꽉 차버린 교회에 제대로 된 유니소노[20]도 없고, 슬라브식 가슴을 울리는 노래도 없었다. 파리 교외에 있는 몇몇 러시아 이민자들과 그들 후손들이 파란색 양파모양의 탑 아래서 불렀던 가슴 울리는 그 노래는 그곳에 살고 있는 나에게 익숙했기 때문이다. 그것은 몇 년 전 이슬람교의 이맘[21]에 의해 종교가 이슬람으로 결정되었던 이 작은 마을에서 그 이전 소수 민족의 종교 (정교회) 에서 온 것인가? 또는 이러한 무모함은, 크로아티아의 로마가톨릭교와는 다르게, 다른 민족들 사이에서 결코 영혼을 사로잡히지 않았던 정교회 세르비아인들의 특징이었을까? 제2차 세계대전 동안 시행된, 지역과 국가에서 세르비아 사람으로 (살인이 아니라면) 수천 명의 강제 전향을 보라.

그후 비셰그라드에서의 그날 아침 체험을, 즉 순수 세르비아인들이 모인 장소에서 지역 사회생활에 비슷한 일이 벌어졌을 때, 일요일 미사 동안 모든 혼잡과 침묵에도 불구하고, 그곳 묘지에서 예배가 먼저였던 것을 다시 생각해보았다. 심지어 나의 호텔

---

20) 똑같은 선율을 두 사람 이상의 가수가 동시에 노래하는 창법
21) 이슬람교에서 최고의 지도자

동료들, 즉 츨라트코는 동부세르비아의 모라봐강 근처인 포로딘 마을에서 보낸 어린 시절 이후 처음으로, 다른 동료 차르코는 티토공산주의 정당 당원의 아들이었는데 역시 처음으로 이 자리에 참석했다. 거의 정오가 가까웠는데, 미사는 오래 걸렸다. 정교회 복음시대에 오늘날 가톨릭 신자들에게 행해지는 》이테, 미사 에스트《[22]와 함께 미사를 끝내는 축복이 내렸다. 그리고 모든 여성들의 목소리가 비석에서 비석으로 분리되어 있었지만, 지금은 기념비석에서 울음이 여러 목소리로 울렸다. 스펀지와 헝겊으로 묘지 면을 닦는 대신 중간 중간 눈물을 훔쳤다. 그리고 이제는 많은 보다 젊은, 심지어 그 가운데는 대단히 젊은 여인들이 있었는데, 전사자들의 미망인들인가? 자매들인가? 그리고 이어서 점점 더 많은 남자, 아버지들과 형제들, 그리고 외부인들 (외부?), 이전 전쟁의 참전용사들, 어린아이들이 대부분 입고 있는 하얀 셔츠, 운동화와 블라우스로 묘지는 점점 밝아지고 있었다. 좁고 팔걸이 없는 벤치들이 여기저기 밀집해서 앉아있는 사람들과 함께 보였다. 이전 방문자들을 위한 것으로 손수 만든 술이 담겨있는 병들과 작은 컵들 그리고 오이, 토마토, 가공 안 된 햄, 카이막 치즈, 버터크림 등이 얇게 잘린 조각들로 쟁반에 담겨 주변에 차례로 돌려졌다. 일반적인 울음소리 (점점 조용해지고, 아주 개인별로 흐

---

22) Ite, missa est(이테 미사 에스트) : 로마가톨릭교에서 미사의 마지막에 사제(司祭)가 회중(會衆)을 향하여 하는 말: 》미사가 끝났으니 평안히 가십시오.《

꿈꾸었던 동화의 나라와 작별

느끼거나 신음하듯이), 무덤 청소, 서로 술을 마시고, 안줏거리를 씹고, 옆으로 가고, 돌아오고, 계속되는 울음.

그리고 나의 두 동료, 즉 이국에서 온 세르비아인은 고통 받는 사람들 가운데 있었다. 그리고 나는 그들이 질문하는 것을 본다. 아, 그 질문! 그리고 이미 나는 그들이 슬리보비차 잔을 들고 비셰그라드 원주민들과 비밀스럽게 부딪치는 것을 보았다. 그리고 나도 이미 거기에 익숙해져서, 술도 마시고, 질문에 참여하기도 했다.

하지만 기본적으로 질문은 전혀 필요하지 않았다. 우리처럼 모르는 사람이나 외국인에 대해 보스니아 시골에 사는 이 세르비아인들의 의심은 쉽게 극복될 수는 없었다. 아니, 여기 한 사람이, 비록 좋은 사람은 아니어도, 적어도 그들의 이웃에, 지난 몇 년 동안 드물게 오는 모든 여행자들처럼 냉정하고 나쁜 의지로 들어오지만 않았다면, 그 의심은 순박한 그들로부터 감소되기도 했다. 아니면 그냥 선입견 없이 미리 알았던 배후의 생각; 그들이 말하게 될 모든 단어들에서 남몰래 그것에 대해 생각한다면, 나중에 무엇인가를 일련의 간접증거로 기록해 둘 수도 있을 것이다. >아, 그들은 거짓말을 하고 있군요. 아, 저기 둘이 서로 말대꾸를 하고 있네요. 아, 이제 그들은 다시 착각하고 있군요. 아, 그들은 세르비아-보스니아 망상을 가지고 오네요.< 아니면 그냥 단순하게, >아, 그들은 다시 한 번 우리의 무작위(無作爲) 연구를 읽지 않았군요. 그들은 잘못된 정보를 가지고 있군요.< 왜 그 반대로 그리고 계속해서, 단순한 목격자로서, 다른 곳에서 모든 전쟁 당사자들에게 적용 가능한 >목격자는 말했다<가 아니라, 침묵하는, 적어도 한 번이라도 침묵하는, 조용한 증인이 될 수는 없을까? 이 모든 것이 손에 쥘 수 있을 만큼 선명하게 지금 이 나라에 널리 퍼져있고, 그리고 특히 설득력 있게, 이해하려면 우선적인 고통은 감수해야 하지 않을까?

그 지역 주민들이 느끼는 한계상황, 의심, 불신 그리고 그 주변에는 아직 나이가 많지 않은 전사자의 어머니가 있었는데, 그녀는 자신이 부담한 묘석비용을 슬퍼하며 우리 외부인에게 몸을 돌렸다. 그들의 가족들이 그녀를 팔로 붙들며 말했다. >그만두세요 — 그들은 우리에 대해 아무것도 이해하지 못합니다!< 그러나 그녀는 우리 외부인들을 무심코 검사하는 것처럼, 눈을 마주치며 외쳤다. >아니, 그들은 알고 있다, 그들은 알고 있어!<

그리고 지금 방어의 대상이 사라져가고 있다. 비셰그라드 묘지의 모든 구석에서 우리에게 틀린 것을 옳은 것인 양 설득하고, 이야기하고, 간청하고, 꾸짖고, 정보를 제공하고, (그사이 아주 다

　　　　　　　　　꿈꾸었던 동화의 나라와 작별

른 정보를 가지고 우리를 억지로 다르게 주입시키고) 그렇게 암시하고 있다. ≫독일인들은 여기서 늘 환영을 받았다. 그들은 세계 대전 중에도, 그리고 심지어 그후에도, 그런데 지금은 우리의 가장 악랄한 적이다. 우리는 아주 작은 민족이다. 전 세계는 [하늘을 암시하는 ≫세계≪는 그곳에서 나토−비행편대를 말한다] 우리를 공격한다. − 독일은 우리에게 말한다. 부끄러워해야 한다고!

우리에겐 더 이상 즐거움도 축하도 축제도 없을 것이다. 우리가 아직 만날 수 있는 유일한 장소는 묘지이고, 비셰그라드 주변에는 이런 묘지들이 더 있다. 교회, 예배 보는 일, 하지만 형식상으로 종교는 죽었고, 유일한 삶이며, 유일한 우리들의 공동생활은 묘지에서 행해진다. 스포츠는, 글쎄요. 최고의 선수들은 활기를 잃었다. 축구에서 또 농구에서도. − 전쟁 전에 우리는 아주 좋은 농구팀을 가지고 있었다. 베오그라드의 권력자들은 우리를 배신했지만, 하지만 그들이 어떻게 다르게 할 수가 있었을까요? 우리와 같은 작은 민족들은 더 이상 스스로 결정할 수가 없다. 그럼 누가 결정하죠? 결정? 누가 그것을 쥐고 있죠? 주먹 안에? 엄지손가락 아래? 그리고 그러한 힘과 자유재량, 그리고 정당함에 의한 것이 아닌, 이제는 초강대국들이 사용하는 사법제도에 의해 일이 결정된다. 재판들, 네! 하지만 동시에 세 개의 전쟁 민족으로부터 온 사람들에 대해서죠. 세르비아 혼자만은 아니지요. − 그런데 세계의 관심은 유독 피고 혼자에게만 매우 다른 방식으로 작용한다. 그리고 그것이 이미지를 형성하고 역사를 더욱 왜곡시킬 것이다! 나는 내 일생에서 한 번이라도 총격을, 나치와 우스타샤를 벗어난 적이 없다. 나는 곧 80세가 된다. 그리고 마지막으로, 나는 자살을 할 것이다. [퇴역군인인 노인은 주먹으로 자신의 이마를 세게 쳐서 뒤로 몸을 비틀거릴 정도였다.] 나는 죽어야만 여길 떠나게 될 것이다. 이슬람교도들과 더는 함께 살 수 없다. 비록 그들 가운데 친구도 있었지만.‹ [이 곁들인 문장은 젊은 대변자(代辯者)에게서 너무 자주 나왔기 때문에, 문자로 기록하면서, 노인이 ›더는 그만‹이라고 말하지 않았을까 하고 생각했다. 왜냐하면, 사실 그는 현재 단 한 명의 친구도 없으니까. 다음번에, 적절한 때에, 다시 질문해보고 싶다! 왜냐하면, 그 문장은 믿을 수가 없기 때문이다.]

물론, 앞서 말한 것보다 더 오래 남는 것은, 이 사람들이 우리 외부인을 받아들였다는 것이다. 혼란 속에서, 오랫동안 억누르고 격앙되었다가, 해방된 것이다. 순진하고, 유치하고, 마침내 외치는 말들 ─ 그 외치는 말들은 보호구역보다 격리구역에서 더 많았다. 서양세계에 대한 증오의 소리는 전혀 없고, 기껏해야 분노 정도였다. 그리고 대중들의 분노는 (아마도 그가 마침내 자신의 표현을 찾았기 때문에) 솔직히 말해 즐겁거나 재미있는 동시에 슬프

꿈꾸었던 동화의 나라와 작별

고 침착하고 (그래, 그런 것이 있었어) 진정성이 결여되어 있었다. 대중들의 분노는 거의 개인들의 행위였다.

그리고 이 외로운 보스니아–세르비아인들은 어떻게 우리 같은 청취자를 필요로 했을까? 여기 있는 두 친구와 나는 나중에 계속해서 그곳으로 가야 한다고 생각했다. 그리고 단지 그들의 이야기를 듣는 것 외에는 아무것도 할 수 있는 게 없다고 생각했다.

나중에 비셰그라드와 보스니아로부터 멀리 떨어진 곳에서, 비탄에 대한 생각이 떠올랐다. 슬퍼하는 자들이 죽은 지 얼마 되지 않아 그곳에 묻힌, 7개의 산 뒤에 있는 어머니들의 비탄에 대한 생각뿐만 아니라 친척들과 관계자들의 비탄에 대한 생각도 떠올랐다. 순간순간, 지금 그리고 지금, 그리고 지금 등등. 그곳에서 죽음은 묘지에서 계속 일어났다. 우리와는 달랐다, 우리와는? 용어, 용어? 혹은 과거에 대한 이해, 즉 보스니아에서 50년 전, 제2차 세계대전 당시 죽음에 대해서 이해하지 못했다. 그의 시대, 그의 시대에 해당하는? 이것은 남아있는 유가족들에게 지금 일어나고 있었다. 그리고 이러한 다른 시간 감각은 나에게 특별한 슬라브나 세르비아의 사자(死者)숭배사상에서 비롯된 것이 아니라는 것을 덧붙여야 할 것 같다. 그것은 거기에 있는 다른 피해자들에게서도 똑같이 알 수 있었다. 또한 이슬람교도들에겐 죽음의 자리

가 방문하는 장소가 아니라고 말하는 것을 들었다. 난 그런 소문
을 믿지는 않았다.

그날 오후, 일요일의 축구 경기 관람자로서, 작은 비셰그라드
에서 상당히 떨어진 외각지대에 있는 경기장의 높은 테라스에 앉
아 있었다. 아드리아해(海) 근처에 있는 트리빈예[23] 팀과 겨루는
두 번째 보스노세르비아리그 경기였다. 두브로브니크 북쪽 산악
지대에 있는 경기장이다. 그 지역 선수들을 태운 버스가, 이전의
보스니아-헤르체고비나에서 전쟁 전에는 3시간 걸렸는데, 지금
은 고라츠데[24]란 엥클라베[25]를 우회하는데 7시간이 걸렸다. 무더
위 속에서 피곤에 지친 축구, 그리고 비셰그라드 언덕을 내려왔
다. - 반면 유럽 전역에서 벌어지는 그와 같은 검소한 게임에서
처럼, 관객들 중 한 명이 시끄럽게 소리를 지르며 응원, 욕설, 익
살을 떨었고, 구경꾼들은 잔디밭에서 일어나는 일보다 그의 말장
난에 더 많이 관심을 가졌다. (그렇다, 전쟁으로 상처 입은 보스

---

23) Trebinje : 보스니아-헤르체고비나의 남부 끝에 있는 도시로 스릅스카 공화국에 속한다. 트레비
네는 동부 헤르체고비나 지방의 트레비슈니차강 연안에 위치한다. 스릅스카 공화국은 세르비
아계 자치공화국으로 보스니아-헤르체고비나연방과 함께 보스니아-헤르체고비나를 이룬다.
스릅스카 공화국은 보스니아 전쟁(1992~1995)을 일으켰다. 스릅스카 공화국은 당시 보스니
아-헤르체고비나가 유고슬라비아연방으로부터 독립을 선언하자 그에 반대해 전쟁을 벌였다.
[네이버 지식백과] 트레빈예 [Trebinje] 두산백과

24) Gorazde : 보스니아-헤르체고비나를 구성하는 보스니아-헤르체고비나연방 동쪽 끝에 위치한
보스니아포드리네주(州)(Bosansko-podrinjski kanton)의 주도(州都). [네이버지식백과] 고라즈데
[Gorazde] 두산백과

25) Enklave : 자국의 영토 내에 있는 타국의 영토.

니아에서도 무엇인가가 파란 잔디처럼 빛났다.) 가파른 언덕 중 한 곳에 이슬람 공동묘지와 흰색 기둥 모양의 묘비, 그리고 그곳에는 차도르²⁶⁾ 천으로 머리를 감싸고 있는 여인의 모습이 산 위로 움직이고 있다는 느낌이 들었다. 그게 백일몽이었을까? 그러나 비셰그라드에 있는 >이슬람 여인들< 중 몇 명은 >정교 교인들<과 >다른 종교 간의 결혼<을 한 것이 사실 아닌가? 그리고 그 결과로 이전에 이 지역에서 머리에 태없는 붉은 터키모자를 쓴 주민 한 사람이 갑자기 콘크리트 관람석 층계에서 청중들에게 인사를 하지 않았던가! 그런데 그것이 지금은 신기루였단 말인가. ...

그리고 질문: 왜 두 개의 지역 모스크가 파괴되었나? 대답: 한 곳은 큰 무기들이 보관되어 있었고, 다른 곳에는 군수품이 보관되어 있었다고 했다. 보통 사원들의 빈 곳에서는 불가능한 일이었다. 그런데도 … 앞서 언급했듯이, 2년 전 비(非)저널리스트들의 상황보고에 따르면, 지역 주민들은 그들의 모든 개방성 속에, 누구에게도 아름답지 않은 비밀을 가지고 있는 것 같다.

하지만 내가 도시를 떠나기 전에 마지막으로 느꼈던 것은 단지 막다른 골목 같은 기분이었다. 목적 없는 태도, 어디로 가는지

---

26) 페르시아 여성들의 얼굴 가리개

알 수 없고, 중압적이고, 우울하고, 분노의 폭발에 가까운 기분이었다. 일요일 전야(前夜)는 유럽의 다른 지역들과 마찬가지였지만, 아마도 그것만은 아닐 것이다.

전날 저녁 불빛 속에서 세르비아 국경으로 되돌아가, 타라 산맥으로 올라갔다. 그곳에는 세계의 식물학계에서 빙하시대를 살아남은 나무로 알려진, 원시적이고 가느다랗게 높은 낭떠러지에 >세르비아의 가문비나무들<이 자라고 있었다. 그 옆을 지나, 고지대 산림 속에서 버섯 향기를 맡으며, 늦은 일요일 황혼녘에 길을 커브로 돌고 돌아 아래로 다시 바지나 바스트로 내려갔다. 아까 보스니아의 이웃 도시와는 완전히 다른 모습이었다. 우아함은 >개인적인< 것. (전쟁 이전에는 오히려 반대였을지도 모른다.) 그리고 세르비아의 애호가 중 누구도 전쟁이 끝난 후 바지나 바스타의 이전 순례지와 소풍 장소를 확인하러 가지 않는다. 왜? 어깨를 움츠린다. 베오그라드, 노비사드, 니스의 다른 세르비아인들에게서 우리는 귀로에서 사실 아무것도 경험하지 못했다. 마치 보스니아에 있는 세르비아인들이 대부분 세르비아인들에게 낯선 존재인 것처럼. 전쟁 이후가 처음은 아니었다.

옛날 이보 안드리치 도시에서 일요일 여름밤 늦게까지, 우리가 체험했던 것 혹은 부딪혔던 것 혹은 끝없이 계속되는 어리석

꿈꾸었던 동화의 나라와 작별

은 지껄임이나, 욕설, 새로 배운 보스니아식 저주들을 되풀이 해 보았다. ›제보 테 미스‹, 생쥐가 널 할퀴려고 해, ›네 엄마가 배나무에서 떨어졌는데, 만약 네가 그녀를 할퀸다면, 그녀는 견뎌내지 못할 거야!‹, ›너의 집은 CNN에 나올 것이다!‹ (다음과 같은 것을 의미한다. 화재, 폭발 등등.) 그리고 그 다음날 보스니아 국경으로 돌아가기로 되어 있었기 때문에, 다른 곳에서, 더 아래로 드리나를 지나 스레브레니차로 내려갔다. − 이것은 ›은빛 도시‹, ›은빛 도로‹ 같은 멋진 말이다. 하지만 이 ›스레브레니차‹는 우리의 말문을 열리게 하지 않았다. 그것은 나의 두 세르비아인 친구가 전혀 그곳에 가본 적이 없다는 것을 느낄 수 있게 했다. 하지만 반드시 가야만 했다. 누가 그것을 말했던가? 결국 우리 모두가.

또 다시 여름의 아침하늘, 제비들이 높고 멀리 푸른 하늘을 날고 있었다. 늦게 바지나 바스타를 출발해서 북쪽으로, 드리나강의 해안도로로 갔다. 강변 덤불숲 사이에 흐르고 있는 녹색 강물. 또 다시 그곳에는 포플러와 버들가지가 자라고 있었고 그리고 점점 흐려지고 있는 아카시아 꽃잎과 여전히 밝은 길을 따라 침엽수림 지대까지 위로 올라갔다. 그곳 식물의 꽃향기가 열려있는 자동차 창문 안으로 밀려 들어왔다. 우리는 세르비아 내륙으로 깊숙이 들어왔다.

강은 항상 국경과 국가경계선을 만든다. 그곳에서 브라투나크로 넘어갔다가 보스니아의 세르비아 공화국으로 되돌아왔다. 그곳은 국경의 울타리다. 소위 유고슬라비아식으로 아주 크고 대표적인 울타리다. 다른 곳에서는 그저 암시될 정도지 전혀, 심지어 절반도 나타나지 않았다. 국경초소에서 다시, 아버지의 성? 어머니의 성? 그리고 그 외 등등. 이미 익숙한 말, 표정, 시선으로 하는 국경 경비병의 간결한 표현법은 이곳 산악지대의 시적 분위기를 느끼게 했다. 서류를 검사하는 동안 국경 감시병 하나가 그의 옆 의자에 앉으라고 나에게 손짓을 했다. 의자에는 깔개가 놓여있었다. 그는 나를 앉혀놓고, 상반신을 뒤로 기댔는데, – 잘못된 등받이 의자는 – 뒤로 젖혀진 머리를 빗나가게 했다. 국경 감시병은 그걸 알아차렸지만 그냥 무시했다.

여름 오후의 무더위가 다시 시작되어 드리나강의 곁에 있는 계곡 위로 치솟았다. 그 끝은 스레브레니차로 통하고 있었다. 게다가 이제는 뜨거운 바람이 불어왔다. 계곡은 처음에는 폭이 넓고, 거의 평면으로, 낮은 언덕으로 나누어져 있었다. 지형학자들은 이것을 >계단<이라고 불렀다. 1992년 4월부터 1995년 7월까지 전쟁은 서서히 일어나고 있었다. 처음에는 거의 눈에 띄지 않은 산등성이에서 오른쪽으로 점차로 좁아지는 계곡으로, 보스니아식

꿈꾸었던 동화의 나라와 작별

마일로 거의 400미터 고도차(高度差)의 지역이었다. 여기저기 총탄 구멍들과 검게 그을린 담벼락들, 그 다음, 양쪽으로 다가오는 산들, 최초의 완전한 파괴를, 처음에는 들판에 세워진 곡식창고들, 야영지와 작업실, 변전소, 공장들, 그리고 그 다음에는 교외의, 아니 작은 마을의 주택들에서 볼 수 있었다. 총알이 뚫고 들어간 작은 구멍들, 총알이 관통된 더 큰 구멍들, 그리고 주택들의 담벼락 전체가 산골지역에서 총의 목표점이 되었고, 사격지가 되었다. 그래서 검정 그을음이 넓게 퍼져있었고, 계곡은 협곡으로 갈수록 더 좁아지고, 집들은 도시형으로 높은 건물처럼 보이기도 했다. 마지막에는 사진이 찍혀진 땅도, 건축 정면도, 벽도 보이지 않았다.

다른 차들이 있었지만, 거의가 그냥 지나가는 차였다. 우리는 차에서 내렸다. 그곳은 이전에 스레브레니차의 중심지였다. 지금은 점점 더워지고 있는 바람 속에서 그곳은 검정 그을음과 먼지와 재로 덮여 있었다. 그리고 나에게 어머니의 고향 슬로베니아의 시골에서 하는 소박한 말투가 계속 떠올랐다. ≫당신들은 마치 불길에 휩싸인 것처럼 춥습니다.≪

그리고 들었던 이야기를 다른 사람에게 전하는 문제, 사진들을 설명하는 문제, 묘사하는 언어문제, 사진 순서들에 대한 문제가 있었다. 스레브레니차와 같은 곳에서는 이슬람이나 동양인의 사진 금지 같은 것을 재현할 수가 있다. 또 어떤 특정 현상들에서 비롯되는 사진들은 참조하고, 크고 생생하게 끝부분까지 잘 묘사된 그리고 전경을 보여주는 사진들은 거부하고, 또 보다 쉽게 해독할 수 있고, 가치 있는 사진들은 거부하고, 이렇게 해서 아주 작은 사진 한 장이 다른 것과 합쳐져서 단순하고, 단순한 사진으로 연결된 것일까? »아라비아 무늬《라고 말하는 것이 전부일 수 있다. 그렇다, 아라비아 무늬.

스레브레니차의 중심지는 그곳 높은 계곡의 끝자락에 있는, 가파른 골짜기들 사이의 산 중턱에서, 한때 울창한 숲속에 있었지만, 지금은 수년 동안 포위된 사이 난방을 하느라고 나무들이 모두 베어져 있었다. 다만 산꼭대기 여기저기 어린나무들만 서 있었다. 이 나무들은 어느 곳에서건 지금은 끊임없이 바람 속에 흔들리며 자라고 있었다. 말없이 많은 사람들이 전날 비셰그라드에서처럼, 유유자적하게 가로세로로 또는 대각선으로 걸어가거나, 사람이 사는(?) 장소(?)에 유리가 깨지고, 시커멓게 그을린 문틀을 통해 수많은 벽의 창구멍에서 들리는 따다닥 소리, 일그러지는 소리, 꽝 소리, 플라스틱 마개의 파닥거리는 소리 등이 시끄럽게 들렸다.

그곳 숙소들의 갈라진 틈과 구멍들을 통해서 − 이것이 그 단

꿈꾸었던 동화의 나라와 작별

어다 – 활기 없이 서 있는 자와 앉아 있는 자를 볼 수 있었다. 부부들과 가족들, 다른 곳에서 탈출한 자들, 전쟁 후 그들(?) 도시로 귀환한 자들.

그리고 불에 탄 건물들 중 하나 옆에 모여 있었다. – 그 건물들은 어느 하나도 복구되지 않아 보였다. – 전날 비셰그라드에서 버스를 기다리는 사람들처럼, 그러나 그보다는 몇 배 더 많은 사람들이 모여 있었고, 그 중 많은 사람이 커다란 짐을 가지고 있었다.

우리 스레브레니차 방문자 세 사람은 이미 오래전에 총상이나 포연(砲煙)에 대한 일종의 과잉 자극으로 주민들과 분리되어, 비사교적으로 되었고, 산꼭대기에 있는 나무 몇 그루처럼 폐허가 된 협곡 아래 그렇게 고립되어 있었다. 각자가 폐허가 된 돌무더기 사이로 비틀거리며 걸어갔다. 허물어진 담벼락 사이 신발과 누더기 천들이 »아라비아 무늬«인가?

그리고 다시, 세르비아 정교교회는 거의 훼손되지 않은 상태로 가파른 언덕의 테라스에 서 있었다. 새로 만든 매우 얇은 나무문을 가지고 있었다. 그 아래로는, 깊이 그들의 발치에, 이슬람사원의 잔해를 볼 수 있었다. 둥근 지붕 일부가 아직 알아볼 수 있었고, 다른 모든 부분은 바닥에 떨어져 있었지만, 마지막 조각은 완전하게 부서진 채 암석 파편더미에 깔려있었다.   때는 늦은 오후

무에친[27]의 외침소리 시간이었다. 그 소리는 토대로부터, 둥근 지붕 사이로 터질 듯 꽉 차게 울리면서, 스레브레니차의 계곡급류로 퍼져나갔다. 아니, 아니었다. 외치는 소리는 아니었고 이전에 여기서 흘렀던 개천의 급류 소리도 아니고?, 무언가가 더 있었다. 개천이 파묻혔던가? 개천은 지하로 흐르고 있는가? 개천은 다른 길을 흐르고 있는가? 다른 계곡을? - 그리고 계속 산으로 올라가서 온천으로 발원했는가? - 어쨌든, 그때 알게 되었는데, 그것은 스레브레니차의 주민들을 위해 매 두 번째 날에만 물이 나왔으며, 그 물은 공급된 것이지, 개천에서 나오지는 않았다. 골짜기를 가득 채운 플라스틱으로 설치된 커다란 통 외에는 아무것도 없었다. 나는 손으로 교회 옆에서 이제 막 피어난 불꽃같은 쐐기풀을 붙잡아 흔들어 보았다. 그리고 다시 한 번 더.

한쪽 경사면을 올라가 벌채(伐採)지역에 이르면, 몇 개의 갈퀴가 좁고 고랑이 있는 밭에 놓여있었지만, 이들은 오래도록 정원을 만들지 못했다. 갈퀴질 하는 사람은, 아래쪽 소도시 골짜기 지역에서 백 배나 빈둥거리는 사람들 또는 여기저기 방황하는 자들과 비교해서 숫자가 적었을 뿐 아니라, 이 여행 내내 세르비아의 모든 곳에서 일하는 무리들과 달랐다. 이곳 일터가 급경사 지역이고, 저곳 일터가 평지고 부드러운 토지 때문만은 아니었다.

---

27) Muezzin : 이슬람국가에서 기도시각을 알리는 사람.

꿈꾸었던 동화의 나라와 작별

그리고 가파른 언덕들의 한쪽과 다른 쪽 협곡의 경사면에는, 아주 작은 숲으로 빛나는, 밝고 곧게 뻗은 이슬람교도 묘지의 석주 비문이 있었다.

그리고 벌채지역에서, 걷고 미끄러지면서 교회에서 언덕 아래로 내려왔다. 온천수와 은을 캐는 도시에 있는 옛날 요양호텔 – 이 호텔을 »유럽«이라고 불렀던 생각이 난다. – 옆에는 양봉장, 아니, 그저 작은 상자 하나가 부서진 담벼락들 사이에 놓여있었다. 위쪽 산등성이에서 갈퀴질 하는 일꾼 정도의 여인들 두세 명이 꿀을 수집하려고 이 상자를 이리저리 움직이고 있었다.

마침내 그을린 깃발이 달려있는 중앙의 높은 건물 중 하나에서 중간 높이의 창문 구멍으로 한 노인이 (밖에서 보기에 노인은 나보다 젊어 보였다.) 우리를 향해서 손짓을 했다.

손짓을 통해 다시 만나게 된 우리 세 동료를 그의 »거처«에서 맞아주었다. (나는 바지나 바스타에서부터 우리를 동행해 온 동반자를 네 번째로 언급하는 것을 잊고 있었다. 우리는 여기서 그를 »수도원 도서관 사서«로 불렀다. 그는 전쟁 이후에 세르비아에서 이전에 그렇게 멀지 않았던 스레브레니차로 이사를 했던, 유일한 사람이었다. 작년 겨울에, 그리고 지금 5월과는 달리? »아무것도 – 스레브레니차에는 지난 6개월 동안 아무것도 변한 것이 없었다. 그저 그 당시 눈이, 많은 눈이 내렸고, 그리고 도시는 평화로운 느낌을 주었다«).

우리를 맞아준 나이가 많은 토착인 주인은, 전쟁 기간에는 이슬람교도가 살았던 스레브레니차를 ›떠났다가‹ 이제 그의 이전 집으로 다시 돌아왔다. 이 큰집에 입주할 수 있는 얼마 안 되는 사람 중 하나였다. 아래쪽 출입구에 주인 없는 우편함들 이름이 대부분이 ›터키식‹으로, 이는 ›순수한 세르비아인‹과 개별적으로 겹쳐있었다. (izbeglice, 피난민, 수용자)

대체로 중부유럽에서 뜨개질로 만든 식탁보를 한 식탁에서, 술 한 잔 마실 수 있는 대접을 받았는데, 술을 마시지 못하고, 당뇨가 있는 (의약품을 쓸 정도는 아닌) 집주인은 옆에 앉아서 약한 목소리로 – 그러나 친밀하고 동시에 의지할 데 없는 눈으로 – 가깝고도 먼 세르비아에서 자녀를 방문하고 있을 그의 아내에 관해, 거의 돌아오지 못할 것 같은 어조로 이야기했다. 커다란 사슴 벽화(壁畵) 하나가 연기로 그을린 저택 중앙에서 반쯤 복구가 된 구석에 걸려있었고, 뽈은 창문에 못질한 플라스틱 위에 걸려 있었다. 화덕에서는 커피물을 데워야 했는데, 전기가 너무 약해서, 우리는 물이 끓기 전에 스레브레니차에서 온 남자를 만나기 위해 출발했다. 도서관 사서의 말에 따르면 그는 전쟁범죄자로 국제전범재판소의 목록에 들어있다고 했다.

하지만 그 전에, 평탄하게 만들어진 언덕들 한곳에서, 생활필수품을 사기 위해 작은 판자 점포로 갔다. 중국서 온 안전면도날과 시금치 씨앗이 든 주머니다. 그 품종이름은 놀랍게도 내가 사는 파리 교외의 이웃 지역 이름을 크게 인쇄한 – 그냥 집 밖으로 나가서 길을 건너면 볼 수 있었다 – VIROFLAY(비로플라이)였다. (씨앗은 보이보디나주(州)의 주도(州都) 노비사드[28]에서 포장되었다. 그리고 판매원은 스레브레니차의 폐차장에 있었다. 과거에는 독일의 슈바벤주(州)의 메르체데스 직원이었다고 했다.)

그리고 지역주민, 교사, 엔지니어, 행정직 종사자들이 함께 모였다. 그곳은 바로 문 앞에서 회색의 뜨거운 바람이 부는 전쟁 후 볼모지에 비하면, 아주 화려하고 냉방이 잘된 어느 식당의 옆방이나 뒷방과 같은 곳이었다. 우리 집 주인, 바로 헤이그 리스트의 주인공이다. 우리가 더 오래 앉아 있을수록 그는 침착하게 남아서 와인 한 잔 더 마시라고 권하는 것을 제외하고는, 대단히 조용했다. 악명 높은 스레브레니차의 다른 세르비아인들도 다시 한 번, 여러 음성으로 또 불신으로, 아메리카와 특히 대(大)독일에 분노했다. – 그리고 특히 후자, 독일에 대해! 어떤 구제책이 있을 것으로 믿었기 때문이다. 독일 외무장관이 세르비아를 방문했다는 사실은, 보스니아에 있는 스레브레니차의 세르비아인들을 돌아서게 했다는 것을 의미했다. 특히 경제적 측면에서. 독일은 그들에게 광산의 재개를 도울 수 있었고, 휴양산업도 마찬가지이다. – 전쟁 전에는 전체 유럽으로부터 그곳 스레브레니차로 오는

---

28) Novi Sad : 세르비아에서 두 번째로 큰 도시이며, 보이보디나 자치주(州)의 주도. [네이버 지식백과] 노비사드 [Novi Sad] (두산백과)

손님들이 많지 않았다. 온천 때문에, 또 산돼지나 곰을 사냥하기 위해 독일인, 오스트리아인, 이탈리아인들이 왔었다. 그리고 아이들처럼 어른들은 방문자들의 얼굴에서 동의를 찾으려 했지만, 그 반대를 발견하고는 스스로를 비웃게 되었다.

그리고 마지막으로, 이 지역의 보호자에게, 전쟁 전에는 소위 끔찍한 사냥꾼이었다고 알려진 질문이 있는데, 왜일까요? 왜 명단에 있죠? 그리고 그에 대한 답은 단지 전쟁이었다는 것이다. 그리고 이상하게도, 그 남자는 그것의 관심을 돌리는 것이 아니라, 오히려 그의 침묵은 그가 기본적으로 할 말이 거의 없다는 것 때문이다. 심지어 어떤 종류의 과장이거나, 어쩌면 단순히 주인의 친절함일 수도 있다. »이전에 무슨 생각을 했었는지 생각해보라!« – 지금 바로 전날 밤 같은 시간에, 우리들의 창문 앞에서 지프와 탱크를 타고 국제평화조약 집행 부대가 행진하고 있었다. 회사 건물 위쪽으로는 그들의 전투기들이 음속장벽을 뚫고 지나갔다. 대부분 흑인인 유엔군, 30분 동안 기관총과 그 비슷한 것들이 은광도시의 불타버린 건물들과 언덕지대를 겨누고 있었고, 위로 아래로 원으로 위치를 바꾸면서 여전히 뜨거운 먼지 무더위를 뚫고 거주자 천여 명을 지역 야만인, 범죄자, 인류의 적들로 삼고, 감시 비난했다. 그리고 마침내 무기를 다시 집어넣고 포장을 했다. 장갑차는 창구를 닫고 골짜기 아래로 굴러갔다. 그리고 내부의 뒷방에서는, 점점 더 절박하게 »여기 있어라, 저녁 식사에 있어! 스레브레니차로 가는 사람은 아무도 없다. 아니면 많은 사람들이 올 수도 있지만, 항상 뭔가 다른 것을 위해서만 온다!< −>유감스럽게도, 국경을 넘어가는 데는 시각이 중요하다.<

그래서 밖으로 나가자, 출발하기 전에, 여전히 밝은 하늘 아래, 흐릿한 황혼의 기운이 감돌았다. 협곡에서는 해가 일찍 지기 때문이었다.

그리고 이 희미한 빛 속에서 나이 들어 보이는 한 남자가 눈앞에 펼쳐진 절망적인 상태에서 파편들이 깔린 오래된 도로 위로, 우리를 지나쳐, 머리를 뒤로 젖히고 눈을 크게 뜨고, 마치 눈먼 맹인처럼 지나갔다.

우리는 그가 우리에게 또 우리를 넘어 팔을 높이 쳐들며 말하는 것을 들었다. >나는 더 이상 세르비아인이 아닙니다. 나는 더 이상 아무것도 아니고, 더 이상 세르비아인이 되고 싶지도 않고, 더 이상 아무것도 되고 싶지 않습니다. 이 계곡에서 사과는 더 이상 익지 않을 것입니다. 더 이상 이슬이 스레브레니차에 내리지 않을 것입니다. 어떠한 공도 골문 안으로 들어가지 않을 것입니다. 난 더 이상 세르비아인이 아니고, 난 내가 누군지 모릅니다. 그리고 그대들은 날 볼 수 없습니다. 내 말을 듣지 말고, 다른 곳으로 가서 다른 사람에게 물어봐요. 세상은 우릴 잊었습니다. 세상은 우릴 잊게 합니다. 내 인생의 마지막입니다. 난 이제 더 이상 세르비아인이 아닙니다.<

그리고 그 기억은 지금 그리고 나중에 스레브레니차의 시간에 관해서 무엇을 말하는가? - 물론 아이들도 그곳에 나타났지만, 기억에는 그들을 위한 사진도, 언어도 없다. 그리고 이쪽 세르비아에도 저쪽 보스니아에도 똑같이 5월에 만발해, 스레브레니차의 포플러 솜털부스러기와 버드나무 솜털부스러기가 공중으로 눈처럼 휘날렸고, 아카시아 꽃잎 다발들이 흰색으로 그리고 나중에는 진주 빛으로 언덕을 물들였지만, 기억에는 사진도 언어도 없다. 그리고 멀리 계곡 아래나 이웃 계곡에 추측할 수 있는 대량학살 장소들에 대한 사진들도 없었다. (그러나 다른, 다른 종류의 사진들, 즉 야외에 있는 죽은 해골들, 눈구멍, 콧구멍, 입구멍에는 그림같이 아름다운 꽃들이 무성하게 피어난 사진들이 - 그 외에 들판에는 꽃들이 하나도 없었다! - 적합한 나뭇가지와 연결되어 있었다. 잘 선택된 카메라 자리로 방향을 정하고, 불빛을 선명하게 잘 비추고, 더욱 조명을 밝게 하고, 색깔을 높여 찍은 사진에 국제 사진작가협회가 매 일요일마다 고야-월리처 또는 ≫국경 없는 사진들≪ 상을 수여했다.)

그리고 기억 속에는 스레브레니차의 상공을 나는 새의 비상(飛翔)에 관한 흔적이 없다. - 비록 실제로는 여전히 새들이 날아다녔고, 그리고 그 중에서 분명히 불길한 까치, 까마귀, 갈가마귀들도 있었지만, 기억 속에는 닭도 없고 토끼도 없고, 당나귀도 없었

꿈꾸었던 동화의 나라와 작별

다. – 실제로는 여전히 ...

다시 한 번, 이런 생각이 들었다. 어린아이가 어딘가에서 비명을 지르고, 어머니나 아버지, 혹은 부모 한 쌍이 모두, 거의 이성을 잃은 것처럼 울부짖는다면, 목격자 혹은 제3자가 최소한 무언가를 해야 한다는.

하지만 스레브레니차에 대한 기억이 말하는 유일한 것은: ≫아무것도 할 수 없다. 스레브레니차는 정착지가 아니다. 그리고 새로운 정착지도 아니고, 모든 면에서 강제이주지다. 심지어 동등하게 보기에는 동기도 부족하다. 미래가 보이지 않을 뿐만 아니라 심지어 아주 작은 현재의 낌새도 보이지 않는다. 부모들이 자녀들에게 줄 수 있는 가장 크고 가장 아름다운 것, ≫교육≪: 지속성, 영속성이 없다. 내키지 않는 정복자에게도 다시 돌아온 사람들에게도, 더 이상 그런 것은 존재하지 않는다. (그렇게 보였다.) 새로 이사 온 사람들, 궁핍에서 이주해 온 사람들, 피난민들에게 그런 것은 존재하지 않는다. 한 친구의 사망에 대한 소식이 전해지거나 분명해지면, 그것은 스레브레니차에서 개인을 벗어나 집단 전체를 위한 것이었다. ≫아무 전망도 없다. 더 이상 전망이 없다!≪

가장 특별한 기억의 흔적은, 우리들이 스레브레니차를 떠나 저녁에 드리나강의 다리를 건너 되돌아왔을 때, 뜻밖에 생기발랄하고, 아주 평화롭고, 세계 속의 국가로 자신을 넓히는 세르비아에서 처음으로 갖게 되었다. 그리고 몇 주가 지난 오늘날에도, 먼 곳에서 기억의 흔적은 분명하게 따라다녔다. 매우 작고 동시에 변변찮은 저 전쟁지역은, 주위에 있는 크고 똑같이 사람이 거주하는 그리고 많거나 적거나 해를 입지 않는 나라들과 비교가 되었다. 3년 넘게 그곳 좁은 계곡 끝자락에서 세계의 전쟁이, 세계의 불길이 일어났다. 유럽 전역에는 하늘이 푸르고, 눈도 내렸지만, 그곳에서는 몇 년 동안 계속되어 온 불길이 처음에는 계곡에서, 마지막에는 협곡분야의 좁은 곳에서, 그러나 가장 강력한 포탄(砲彈)사격으로 일어났다. – 장소 혹은 ›무대‹를 덮친 것은, 우리 대륙의 내부에서 벌어진 아주 작은 소규모 전투, 미니아투어 전투, 밀리미터 전투, 손톱과 손톱 사이의 전투, 그리고 동시에 또 다른 아직 알려지지 않은 원자전쟁이다. 그리고 또한 ›전쟁‹이라고 불리는 정신질환으로부터 영원히 치유된 것처럼 유럽의 한구석에서 포위망을 뚫고 탈출해서 흥분한 거친 목소리로 외치며 담배를 피운다. 즉, 불화가 바로 ›전쟁‹이다. 모든 전쟁의 본질이다. 인류 역사나 인류 의식에 있어서 대단히 새로운 것일까? – 그러나 스레브레니차의 짧은 계곡은 그 당시 밤에 차로 달려와 총격을 가했던 것처럼 검게 색깔이 변해 있었다.

꿈꾸었던 동화의 나라와 작별

당연히 곧바로 누군가가 물을 것이다. ≫보스니아에 사는 세르비아인 여러분, 그곳에서 무엇을 했는가? - 특히 여러분, 가장 평화롭지는 않았지만, 그러나 역사적으로 다른 사람들, 다른 민족들, 다른 종류의 민족들이 존재했고, 살았고, 멸망했던 중에서 가장 강해서 거의 모든 유럽민족에 대한 모범이 되지 않았던가?!≪ 그리고 ≫세르비아인이여, 왜 그대들은 스레브레니차에 남아있는가? 왜 그대들은 이웃과 함께 계곡의 끝자락에 있는 화재 현장을 떠나지 않는 건가?≪

하지만, 스레브레니차에도 전사(前史)가 있다. - 기억에 따르면 - 유럽과 해외 모든 관계자들에게 가치가 있거나 있어야 하고, 국제 스냅샷[29]을 제작하거나 입을 벌리고 쳐다보는 일에 기억도 정신도 없이 얼빠진 자세로 계속 머물러서는 안 된다.

그리고 ≫전사(前史)≪에 대한 기억은 수세기 전 터키인들이 억압했던 것과 수십 년 전 이슬람 나치 연합군의 살인적인 약탈만을 의미하지는 않는다. (≫기억≪이 아니라 ≫생각 한다≪, ≫의식한다≪고 말하는 것이 더 좋을 것 같다.) 특히 이 전쟁이 시작될 때 일어났던 일을, 아니, 파괴된 역사를 - 그리고 세르비아인들은 아니

---

29) 스냅샷은 짧은 순간의 기회를 이용하여 찍는 사진을 말한다.

었지 - 전사(前史)로 생각하지 않았는가? 3년 후, 그 과정에서 용서할 수 없는 복수심에 큰 원인이 있었던 것일까? 1992년부터 계속되어 온 스레브레니차 주변의 세르비아 마을들에 화재와 살인 사건들이 있었다. 이 모든 것이 매일같이, 우리가 알고 있는 징벌적 대량학살의 경우처럼, 일 년 내내 일어나고 있었다는 것을 알고 있었을까?

그 어떤 사진도, 어떤 문장도, 그런 전쟁의 측면에 대해, 유럽의 시청자들에게 애초부터 이야기하지 않았다. 학살당한 시체와 그들을 애도했던 사람들이 - 그렇게 되었을 때, 스레브레니차의 풍경 속에는 수천 명의 세르비아 희생자도 있었다. - 거의 항상 덮어놓고 자신들과 다른 희생자 민족, 즉 정교회 민족에게 책임을 돌렸던 것이다.

그리고 물론, 이런 것은 보상을 추진하기 위한 것은 아니다. - 하지만 분명하게 하고자 한다. 만약 예시된 전사(前史)들이 우리 쪽의 언론을 통해 기록되어졌다면, 그렇다면 그것은 중요치 않는 부차적인 것들로서, 짧은 부문장들 속에 지워지고 감추어져서 대충 읽을 수 있고, 대충 볼 수 있는 무언가에 지나지 않을 것이다. ≫이 이야기는 이미 알려져 있습니다. 그들의 눈에 띄기 위해서는 말이 별로 필요하지 않습니다.≪ 이런 도입 문장으로, 한때 위엄

꿈꾸었던 동화의 나라와 작별

있던 서구의 신문은 (현재, 1996년 7월 중순, 공정하고 합법적인 수식어로.) 스레브레니차의 집단학살을 기념하기 시작했던 것이다.

무엇이 알려져 있는가? 과거의 역사가 잘 알려져 있는가? 과거의 역사를 탐구하는 어떤 기관이나, 기억력 없는 몰로크[30]로서 어떤 다른 현상이 존재하는가? 누가 이해하려고 하나? 누가 이해하길 원하는가?

하지만 다시 한 번 주의할 것은: 과거의 역사를 명확히 하는 것은 보상과 관련이 없다. 복수를 위해 정상 참작의 이유로 적용되지도 않는다. 과거의 역사를 혹은 역사 전체를 연구하면서, 그것을 주시하고, 의미 있게 만드는 것은, 어떤 것을 설명하는데 도움을 줄 수 있고, 최근의 시국문제에 대해 몇 단계를 더 나아갈 수 있다. 하지만 지난 몇 년 동안 유고슬라비아 역사를 공부한 것은 나의 개인적인 체험이었다. 그것은 역사를 밝히는 계몽도 아니었고, 빛이 켜지지도 않았다. 기껏해야 일시적인 불꽃으로 어둠침침한 램프불이었다. 단순히 원 안에서 또는 지그재그 형태로 거의 빛이 없는 미로 안에서 계속 보는 대신, 역사연구의 손 (손?) 을

---

30) Moloch : 소의 모습을 한 페니키아인의 불의 신

잡고 움직이지 않았던가?

그리고 다시 또 한 번 주의! 내가 다른 사람보다 한두 가지 사실을 더 알 수도 있다. 그러나 결정권이 있는 것은 아니다. 그밖에도 나는 이 여행을 내가 아는 지식을 가지고 했기 때문에 항상 불확실했을 것이다. 내 경험에 따르면, 어떤 지식보다 훨씬 다른 것으로 보여지는 예감은 점점 확실해졌다. 예감 혹은 전에는 거의 없었던 제3의 관점이. – 그런 일이 일어나지 못하도록 했었던 제3의 관점이 – 왜 그랬을까?

스레브레니차에서 돌아오는 길에 우리는 전속력으로 모두가 조용하게 숨을 죽이고 국제평화유지군의 지프차와 장갑차 행렬을 추월했다. 매우 낯선 군인들의 얼굴과 우리 사이에 드리나로 가는 행렬 뒤에는 길고 짙은 흙먼지가 깃발처럼 휘날렸다.

그리고 국경을 넘어 세르비아는 여전히 – 보스니아산 몇 마일을 지나고, 세르비아 산간지대와 평야 수백 마일을 지났는데 – 그 당시 겨울처럼 고아들의 커다란 방 같았다. 이 커다란 방은 지금 소음으로 떠들썩했고, 우리의 위도에서 볼 수 없는 과장되고 익숙지 않은 색깔과 모양들로 가득 차 있었다. 그것을 이 지역에

꿈꾸었던 동화의 나라와 작별

서는 >비잔틴식<[31)]이라고 불렀다. 물론 그것은 나에게는 티롤식으로, 바덴-뷔르템베르거식으로, 노르만식으로, 네바다식으로 들리기도 했다.

그리고 밤중에 베오그라드로 가는 고속도로에서 또다시 난폭한 추월. 그리고 다시 한 번 우리는 겸손하게 인내했다. 몇 시간 전 우리로부터 떠났던 >스릅스카 공화국<의 정치적 지위가 높은 공적인 차였다. 뒷좌석에는 한 권력자가 앉아 있었다. 다음날 신문기사에는 세르비아-보스니아 장군의 장례식에 가는 길이라고 했다. 그 장군은 위독한 상태로 국제안전보장회의 재판소 감방에 수감되어 있다가, 사망하기 며칠 전에 재판 없이 풀려났다고 했다. 단지 죽음을 위해, 자비로 – 누구의 자비? – 그리고 여전히 전쟁 범죄자로 기소되어 있다.

그리고 그후, 우리의 차량으로 스레브레니차로부터 사박(Sabac)을 지나 사바(Sava)까지 지속되는 침묵 후에, 비셰그라드를 향해 갈 때에는, 저주, 음담, 상스런 말의 흐름이 이루어졌다. 힘? 오히려 무기력하고 또 무기력했다.

---

31) 동로마시대의 미술양식.

그러고 나서, 적어도 지금 생각이 나는데, 베오그라드의 전쟁 터까지 침묵 속에 갔다. 그리고 며칠 지나 남쪽 코소보로 향했다. (여기 있는 것은 아무것도 아니다. 비록 그날들이 없었다면, 지금 까지 말한 것과 질문들이 다르게 보였을 것이다).

그리고 마치 우리가 다시 한 번 다른 역사 속으로 들어가는 것 같았다. - 그 안에서 우리는, 즉 외국인인 나와 세르비아인인 두 동료는 더 이상 아무것도 말할 것이 없는 역사로.

* * *

이미 언급했던 보스니아 지역들이 비셰그라드의 드리나강 지류를 따라 펼쳐져 있는 것처럼, 내가 다시 유럽 지역으로 돌아온 후 하이델베르크의 넥카강과 평화롭게 교차되어 느껴지는게 아니라 오히려 여기는 축복받은 지역, 그곳은 그 반대 지역으로 기울어져 있었다. 아니면 파리 근교의 소도시에서 싸구려 고층 집들을 한 번 둘러보면, 스레브레니차에는 그런 것이 전혀 없었는데, 여기선 그을린 깃발과 플라스틱 제품들이 사진 속에 검게 덮여 있었다. 혹은 아름다운 숲이 우거진 프랑스의 센강 주변이 여기 이 나라에서는 갑자기 메마른 것처럼 보일 수도 있다. 이 모든 곳이 결코 서로 소통할 수 있는 장소도 아니고, >동등한 넓이의 공간<도

꿈꾸었던 동화의 나라와 작별

아니며, 현재를 위한, 또 참여자를 위한 부속물로서, 세계의 강력한 힘으로서 즐길 수 있으나 – 그것은 그러나 일종의 장소약탈행위, 세계의 분단행위와 같다. 그래서 신문에 실리는 기상관측 사진이나 달 분화구 사진을 날마다 대형 무덤 사진들 중 하나와 혼동하게 만들었다. 또는 오스트리아 휴양지인 바드가스타인에서 찍은 항공사진에서 보스니아의 스레브레니차와 유사성을 볼 수 있다. (볼 수 있어야만 한다.)

그리고 특히 이곳 »서부에서« 언급했던 이미지 손실에서도, 다시 »그곳으로« 돌아가라는 호소를 느낄 수 있었다. 스레브레니차에서 저녁 식사나 하룻밤 같은 단 하루가 아니라 좀 더 길게. 그곳에서 가능한 한 오랫동안 아무것도 묻지 말고, 일단 쪼그리고 앉아 머리를 두 손으로 감싸며, 질문을 적절한 순간까지 적어두라고.

사실, 비셰그라드에서는 오직 묘지에서만 삶이 있었다. 그리고 스레브레니차에서는 외관으로 보아 더 이상 살아있는 것이 없었다. 하지만 어쩌면 우리가 예감할 수 있는 것 중 어렵게 가까이 할 수 있는 다른 것을 발견할 수 있지 않을까?

세르비아의 독자 한 분이 내가 쓴 겨울여행의 책을 읽고, 내가 더 이상 돌아갈 곳이 없다는 것을 알고 있는지 궁금해 했다. 그리고 나도 한 번은 스레브레니차의 중앙에 자욱한 연기계곡을 가진 우리 대륙의 새로운 지리 지도를 생각해보았다.

그리고 한번은 그 생각이, 만약 지구 어딘가에서 죽은 사람들의 부활이 소망이나 간절한 백일몽 또는 광기라면, 그곳 스레브레니차에서는 어느 한 집, 어느 한 명에게서도 똑같은 부활이었다. 그리고 무엇보다도, 이전의 거주자들, 혹은 적어도 그들 중 한 명에겐 유일한 부활이었다. 아니, 그것은 그곳에서 소망, 망상 그리고 꿈을 뛰어넘는 역할을 한다! 아니면 그냥 슬픔의 통로를 생각하거나 아니면 슬픔으로 가는 통로를 생각하는 것이 아닐까?

그리고 다시 한 번 기억해보면, 스레브레니차의 중앙 부분에 있는 파편들 사이에 피어있는 양귀비꽃들 사진이 있었다. 뜨거운 바람에 꽃들이 끊임없이 뒤로 넘어지는 사진. 실제로 거기서 보였나요? >실제로<?

여기서 이것을 오늘날 역사라고 해야 할까? 오늘날 누가 이걸 읽을까? 적대적인 악한이 없는 이야기를, 적대적인 이미지가 없는 이야기를.

　　　　꿈꾸었던 동화의 나라와 작별

왜 그대는 그 모든 것을 말하는가? - 다른 사람은 거의 말하지 않지만, 누구나 말할 수 있기 때문이다. 그리고 >왜 드리나강 위에서 명확하게 하지 않는가?<란 옛날 노래의 제목, 그 안에 한 세르비아인이 두 무슬림 친구를 맞은편 강변에서 밤새도록 기다리고 있는 - 일부는 헛되이.

>마지막 질문<: 보스니아에서 세르비아인들의 전투를 어떻게 인식하고 있는지? - 그것에 대해 다시 한 번 >지리학<을 보자. 산 위에 있는 자유 투쟁가들, 계곡에 있는 강제 수용자들, >예상된< 희생자들. 미국의 서부에서도 난폭한 인디언들이 절벽 위에서 평화로운 백인의 상인행렬을 습격해서 학살하지 않았는가? 인디언들 역시 그들의 자유를 위해 싸우지 않았는가? 그리고 >최후의 질문<: 누가 곧 그가 될 것인가? 보스니아에서 세르비아인들 역시 그와 같은 인디언으로 들어나고 있다.

이제 더 이상 질문할 것이 없다. 미국신문 >The New Yorker<에 실린 >하리 XY는 친구들과 카드놀이를 하면서 인종적으로 정화되었다<라는 기사는 길게 이어져 온 보스니아의 현실적 역사의 첫 문장과는 완전히 다른 것이다.

어떻게 시작할까요? 예를 들어: > 내가 만든 모든 숲속 길과

길의 시초, 즉 형상의 기원에는 지워지지 않고 감명을 주는 좁은 길들이 있다. 나는 그곳에서 자유롭게 첫걸음을 내딛었다. 그곳은 비셰그라드에 있었다. 길들은 거칠고, 평탄하지 않았으며, 조금씩 침식되어가고 있었다. ... ≪   (Ivo Andric, 좁은 길)

※ 발칸반도와 유고슬라비아연방을
이해하기 위한 역사 안내

- 옮긴이 -

1) 발칸반도

위 지도에서 회색 부분으로, 유럽의 남동부에 있는 반도를 가리킨다. 아드리아해, 지중해, 크레타해, 에게해, 흑해에 둘러 쌓여있다. 발칸이란 이름은 불가리아와 세르비아 국가에 걸쳐 있는 발칸 산맥에서 유래하였다. 발칸은 '산'을 뜻하는 터키어(語)이며,

15세기 오스만 제국(터키)의 지배 이후 사용되었다. 19세기 이후부터는 반도 전체를 지칭하는 이름으로 확대되어 사용되었다. 고대부터 아시아와 유럽을 연결하는 중요한 역할을 수행했으며, 이 과정에서 다양한 세력이 뒤섞이며 오늘날 민족, 언어, 종교, 문화, 정치적으로 복잡한 구성을 가지게 되었다. 제1차 세계대전 이래 '유럽의 화약고'라는 별칭을 가지게 되었고, 최근에는 구(舊)유고슬라비아 연합국의 분열로 전쟁과 학살을 통해 역시 부정적 의미를 가지게 되었다.

발칸반도에 존재하는 나라는 구(舊)유고슬라비아 연합국에서 분리 독립한 세르비아, 슬로베니아, 크로아티아, 보스니아−헤르체코비나, 몬테네그로, 마케도니아 6개 국과 세르비아에서 분리 독립을 선언한 코소보와 보스니아−헤르체코비나에서 분리 독립한 스릅스카 공화국이 있다. 그리고 루마니아, 불가리아, 알바니아, 그리스 및 터키 일부로 이루어져 있다.

꿈꾸었던 동화의 나라와 작별

2) 유고슬라비아 사회주의 연방공화국(1943-1992)

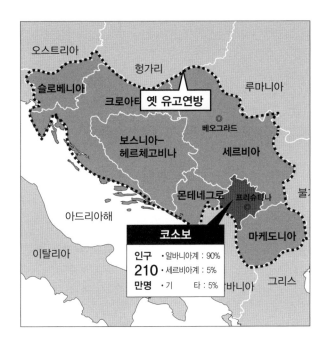

유고연방으로도 부르는데, 이 연방이 세르비아, 슬로베니아, 크로아티아, 보스니아-헤르체코비나, 몬테네그로, 마케도니아로 분리 독립되는 과정에서, 세르비아를 중심으로 연방을 유지하려는 측과 분리되어 독립하려는 국가들 사이에 혹독한 내전을 치르게 된다. 여기서 한트케는 세르비아를 중심으로 유고연방 유지를 옹호하는 입장을 취하고 있다. 한트케가 태어난 오스트리아의 남

부 캐른튼주(州)는 어머니의 고향 슬로베니아와 국경을 마주하고
있다.

① 제1차 세계대전(1914~1918)이 끝난 후 세르비아, 몬테네그로, 슬로베
니아, 크로아티아는 1920년에 '세르비아-크로아티아-슬로베니아
왕국'을 세운다. 이 왕국은 1929년부터 유고슬라비아 왕국이라 부르
게 된다. 유고슬라비아라는 말은 현지어로 "남쪽 슬라브 민족의 나
라"라는 뜻이다.

② 유고슬라비아 왕국은 제2차 세계대전 당시(1941년) 독일과 이탈리아에
의해 점령된다. 크로아티아의 우스타샤 파시스트 같은 여러 개의 괴
뢰 정부가 세워진다. 이에 저항하기 위해 1942년 유고슬라비아 국민
해방을 위한 반(反)파시스트 평의회를 결성하고, 비정규 게릴라부대
(파르티잔 partisan 부대. 한국에선 빨치산)로 맞선다.

③ 1943년 소련군의 지원 아래 영토를 수복하여 임시정부인 '유고슬라
비아 민주연방'을 선포한다. 또한 평의회에서 구성된 유고슬라비아
민족해방위원회(NKOJ)에서 수상겸 국방장관으로 티토가 선출된다.
요시프 브로즈 티토(Josip Broz Tito. 1892~1980)는 크로아티아의 쿰로베
츠에서 크로아티아인 아버지와 슬로베니아인 어머니 사이에서 태어
났다.

④ 1945~1963 '유고슬라비아 인민 연방공화국'으로 국명을 바꾼다. 티
토는 1945년 총선거를 통해 왕정 폐지를 선언하고 공산당 일당 독재

꿈꾸었던 동화의 나라와 작별

체제를 이룬다.

⑤ 1963~1992 '유고슬라비아 사회주의 연방공화국'으로 국명을 바꾼다. 티토는 유고연방의 초대 대통령(임기, 1953~1980)으로 여러 민족과 인종이 얽히고설킨 연방을 안정적으로 통치해 오다가 1980년 87세로 사망한다.

티토 사후 유고연방의 정치권력은 각 공화국 주석이 번갈아 맡는 집단 지도체제로 바뀌었으나, 연방들 중 가장 인구가 많은 세르비아가 연방 내 권력을 독점하게 되면서 다른 연방국들을 차별하기에 이른다. 유고연방의 총인구는 대략 2,200만 명인데, 이중 세르비아 인구는 대략 870만 명으로 3분의 1을 넘는다. 이에 따라 연방 내에서 민족 및 지역과 종교 갈등이 점점 고조된다. 사실 이전부터 형제애와 민족의 구분 없는 화합과 평화 그리고 세르비아의 반발 여력을 없애기 위해 세르비아 영토였던 보이보디나와 코소보를 연방 내 자치주로 독립시킨 티토의 정책에 세르비아계는 상당한 불만을 품고 있었다. 유고연방에서 가장 지분이 큰 나라는 세르비아인데, 크로아티아 출신인 티토가 그걸 무시하고 정책을 집행했기 때문이다. 1991년 이후 대(大)세르비아를 중심으로 연방을 유지하려는 세르비아와 연방에서 분리 독립하려는 각 민족은 '평화 대신 독립'을 외치며 혹독한 내전을 치르게 된다.

⑥ 세르비아는 1992년 유고연방이 해체된 이후 잔류한 몬테네그로와 합심하여 연방결성을 선언한다. 이 나라를 유고슬라비아 사회주의 연방공화국(1943년~1992년)과 구분해 '신(新)유고슬라비아 또는 신(新)유고연방'이라 부른다. 2003년 2월에 이 연방이 개명되어 '세르비아 몬테네그로'가 되었다. 그러다가 2006년 6월 몬테네그로가 연방에서 분리되어 세르비아와 몬테네그로로 다시 나뉘어져 현재에 이르고 있다.

꿈꾸었던 동화의 나라와 작별

3) 유고슬라비아 사회주의 연방공화국에서 분리 독립된 나라들

1. 세르비아(수도, 베오그라드) − 정교도 /영어. 벨그라드/인구 490만 명

   ① 보이보디나(세르비아 북부 자치주, 주도(州都) 노비사드) − 정교도/인구

   2백만 명

   ② 코소보 공화국(세르비아 남부 자치주, 수도 프리슈티나) − 이슬람(2008년 독

   립선언) 180만 명

2. 슬로베니아(수도, 류블리아나) − 가톨릭(1991년 독립) 인구 207만 명

3. 크로아티아(수도, 자그레브) − 가톨릭(1991년 독립) 인구 446만 명

4. 마케도니아(수도, 스코페) − 정교도 (1991년 독립) 인구 193만 명

5. 보스니아−헤르체고비나(수도, 사라예보) − 이슬람 40%, 정교도 40%,

   가톨릭 20%(1992년 독립) 인구 280만 명

   ① 스릅스카 공화국(수도, 바냐루카) − 보스니아·헤르체고비나와 함께

   연방을 이루고 있는 세르비아계 자치공화국 − 정교도(1995년 독립)

   인구 140만 명

6. 몬테네그로(수도, 포드고리차) − 정교도(2006년 독립) 인구 63만 명

   1989년 세르비아의 지도자 슬로보단 밀로셰비치는 코소보의
자치권을 폐지하고 통제를 위해 군대를 파견한다. 코소보에는 압
도적으로 알바니아인이 많고 이슬람교를 믿는다. 정교를 믿는 세

르비아인은 소수다. 갈등을 겪어 오다가 1991년 6–7월 슬로베니아와 크로아티아가 유고연방으로부터 떨어져 독립하자, 9월에 코소보 분리주의자들도 세르비아로부터 떨어져 코소보 공화국을 선포한다. 이후 1998년 분리 독립을 주장하는 알바니아계 코소보 주민과 그것을 저지하려는 세르비아 정부군 사이에 벌어진 유혈 충돌로 수많은 사상자를 내고 결국 유엔의 조정으로 2008년 독립 선언을 했으나 세르비아는 인정을 하고 있지 않다.

내전을 주도했던 인물로는 세르비아 대통령 밀로셰비치와 스릅스카 대통령 카라지치가 있다.

슬로보단 밀로셰비치(1941~2006)는 유고연방의 붕괴 과정에서 일어난 내전에서 대(大)세르비아주의를 주창하며 타민족 학살을 주도한 인물로 국제사회의 큰 지탄의 대상이 되었다. 1991년 세르비아의 초대 대통령이 되었으나, 2000년 시민혁명으로 실각하였고, 이후 국제사법재판소에 전쟁범죄자로 수감되어 재판을 받던 중 2006년 심장발작으로 감옥에서 사망하였다. 밀로셰비치와 친밀한 관계를 유지했던 한트케는 2006년 밀로셰비치가 숨지자 그의 장례식에서 조사를 읽기도 했다. 한트케가 2019년 노벨문학상을 받았을 때, 유고 내전의 피해자 측은 대(大)세르비아주의를 주창하며 타민족 학살을 주도한 밀로세비치를 옹호한 그에게 노벨상을 주는 것은 도덕적으로 부끄러운 일이며, 작가의 무분별한 이지적이고 정치적인 참여를 정당화하는 행위임을 지적하고, 그에 대한 비난을 꾸준히 재기하고 있다. 스웨덴의 한림원에서는 정치가 아니라 문학에 주는 상임을 강조하고 그가 "독창적인 언어로 인간 경험의 섬세하고 소외된 측면을 탐구한 영향력 있는 작품을 썼다."(für ein einflussreiches Werk, das mit sprachlichem Einfallsreichtum Randbereiche und die Spezifität menschlicher Erfahrungen ausgelotet hat.)고 평가의 기준을 밝히고 있다.

라도반 카라지치(1945~)는 1992~1996년 스릅스카 공화국의 초대 대통령이다. 스릅스카 공화국은 1991년까지는 구(舊)유고연방의 보스니아-헤르체고비나 사회주의 공화국에 속했다. 1992년, 보스니아-헤르체고비나가 유고슬라비아연방으로부터의 독립을 선언하자 스릅스카 지역을 기반으로 한 세르비아인들이 분리·독립에 반대하면서 스릅스카 공화국의 유고슬라비아연방 잔류를 선언하고, 유고슬라비아연방의 지원을 받아 보스니아인들을 공격하면서 보스니아 내전이 발생하였다. 라도반 카라지치는 세르비아의 밀로셰비치 대통령과 함께 보스니아 내전을 주도하였다. 내전 당시 헤이그 전범재판소에서, 카라지치는 보스니아 내전에서 1만2천여 명을 살해했으며 1995년 스레브레니차에서 8천 명의 무슬림을 무차별 살해하는 만행을 주도해 현상 수배됐다. 그는 2008년 7월 세르비아의 수도 베오그라드에서 붙잡혀 네덜란드의 헤이그 전범재판소로 후송되어 전범재판을 받았다.

4) 세르비아를 옹호하는 한트케

티토가 1980년에 죽고, 10여 년이 지난 1991년 이후 대(大)세
르비아를 중심으로 연방을 유지하려는 세르비아와 연방에서 분리
독립하려는 각 민족은 '평화 대신 독립'을 외치며 혹독한 내전을
치르게 된다. 한트케는 "유고연방은 나에게 유럽에서 가장 현실
적인 나라를 의미한다"며, 그의 입장은 연방 유지 쪽에 무게를 두
고 있다.

"나는 유고슬라비아연방이, 적어도 티토가 죽은 지 일이 년
간 통치되고 지속되는 것을 여행길에서 다시금 보았다. 그리
고 성취했던 이데올로기(이념), 즉 티토주의, 게릴라주의 혹은
노병(老兵)주의 같은 이데올로기는 더 이상 없었다. 그것은 특
히 다양한 민족들에게서 발휘되는 젊은이들의 열광 때문이었
다. 가장 눈에 띄는 것은 그들이 어느 나라에서든 서로 만난
다는 것이다. 그리고 그 공통점은 축제 손님에게 강제적인 줄
서기나 공모자들의 모임이나 어느 고아원의 무도회처럼 나타
나지 않았다. 공통점은 당연히 〉자명하게〈, 온갖 방향으로 작
용했다. 그 모든 모임들은 폐회식을 가졌고, 그 다음에 이어
지는 해산에서, 독자적인 방식으로 마무리를 했다. 그 당시

꿈꾸었던 동화의 나라와 작별

나는 슬로베니아, 세르비아, 크로아티아, 마케도니아, 헤르체
고비나 학생들, 노동자들, 운동선수들, 무용가들, 가수들, 예
술애호가들의 젊음을 − 나는 각자를 전체로 보았다 − 진심으
로 부러워했고, 그리고 유고연방은 나에게 유럽에서 가장 현
실적인 나라를 의미했다. 역사로 본다면 짧은 삽화적인 사건
(Episode)이었다. 그러나 나는 그때 그들이 공동으로 추구했던
것을, 비록 그들이 지금은 개별적으로, 각 경계선 뒤에 배치
되어 있더라도, 그 어느 것도 나에게도, 너에게도, 비현실적이
고, 효력이 없고 무가치하다고 생각할 수는 없었다."

− 본문 중에서 −

한트케에게 '유고연방'은 티토주의 아래 다양한 민족과 종교,
언어가 공존하면서 소련에도 굽히지 않았던 〈유고슬라비아 사회
주의 연방공화국〉을 뜻한다. 티토의 자주노선과 실용주의는 '인
간의 얼굴을 한 사회주의'로 평가를 받았으며, 민족을 불문하고
'위대한 유고슬라비아'로 자랑스럽게 남아 있는 것이다. 내전에는
자민족 이기주의를 앞세운 슬로베니아와 크로아티아, 보스니아와
코소보의 탓도 있으며, 학살은 쌍방이 모두 자행했는데, 서방언
론은 세르비아만 악마로 만들고 있다고 세르비아를 옹호하고 있
는 것이다.

그러나 문제는 밀로셰비치가 유고연방이 해체되는 것을 막아야 한다는 명분을 내걸고, 극단적인 민족주의를 조장해 권력을 잡고 그것을 유지하기 위하여 조직적으로 제노사이드[*집단 학살(集團虐殺) : 고의적으로 혹은 제도적으로 민족, 종족, 인종, 종교 집단의 전체나 일부를 파괴하는 범죄]를 기획했다는 점에서 그를 옹호하는 한트케도 비판을 받고 있는 것이다.

꿈꾸었던 동화의 나라와 작별

5) 슬로베니아, 세르비아, 스릅스카 공화국과 관련해서 받은 상들

1987: 슬로베니아 작가협회의 빌레니카 상.(Der Vilenica Preis des slowe-
nischen Schriftstellerverbandes) 이 상은 1986년부터 빌레니카 문화
센터와 협력하여 슬로베니아 작가협회가 주최하는 빌레니
카 국제 문학축제를 계기로 수여되었다. 한트케의 수상작
품은 『반복』(Die Wiederholung)으로 배경은 슬로베니아다. 작품
이 출간된 1986년에는 아직 독립이 안 되고 유고연방이었
으나 1991년 슬로베니아로 독립.

1996: 스릅스카 공화국의 공로훈장(Verdienstorden der Republika Srpska).
[* 스릅스카 공화국은 보스니아-헤르체고비나 연방과 함께 보스니아 헤르
체고비나를 이루고 있는 세르비아계 자치공화국이다.]

2006: 2006년 5월 20일, 뒤셀도르프시(市)의 하인리히 하이네 수
상자로 지명. 그러나 시의회 의원 3명이 세르비아를 옹호
하는 한트케의 정치적 입장 때문에 심사를 거부.(2006년 5
월 30일), 2006년 6월 2일 한트케도 수상 거부.(Nominierung
für den Heinrich-Heine-Preis der Stadt Düsseldorf am 20. Mai 2006. Ableh-
nung des Jury-Entscheids durch drei Stadtratsfraktionen (30. Mai 2006), Ver-
zicht Handkes am 2. Juni 2006.)

2007: Berliner Heinrich-Heine-Preis 베를린 앙상불 단원들이 뒤

셀도르프 시의회의 이러한 행위를 예술의 자유에 대한 공격으로 간주하고 한트케를 위해 '베를린의 하인리히 하이네 상'이라는 이름으로 같은 액수의 상금을 모금해서 수여. 2006년 6월 22일 한트케는 그와 같은 노력에 고마움을 표시하고 상금을 코소보에 있는 세르비아 마을에 기부해 달라고 부탁. 2007년 부활절에 전달됨.

2008: 스릅스카 공화국의 니에고스 최고 훈장.(Njegoš-Orden erster Klasse der Republika Srpska)

2009: 라자르 영주의 황금 십자가상.(세르비아 문인동맹 훈장) (Goldenes Kreuz des Fürsten Lazar. Orden einer serbischen Literatenorganisation)

2010: 캐른튼의 슬로베니아 문화협회에서 주는 빈첸츠 리치상.(Vinzenz-Rizzi-Preis)

2015: 세르비아 과학 아카데미의 명예 회원이자 베오그라드(세르비아의 수도) 명예시민.

꿈꾸었던 동화의 나라와 작별

6) 페터 한트케와 노벨문학상

한트케가 2019년 노벨문학상을 받기 전 2006년에 독일 뒤셀도르프시(市)에서 하인리히 하이네 수상자로 지명된다. 그러나 시의회 의원 3명이 세르비아를 옹호하는 한트케의 정치적 입장 때문에 심사를 거부한다. 한트케도 수상을 거부한다. 그러자 베를린 앙상블 단원들이 뒤셀도르프 시의회의 이러한 행위를 예술의 자유에 대한 공격으로 간주하고 한트케를 위해 '베를린의 하인리히 하이네 상'이라는 이름으로 같은 액수의 상금을 모금해서 수여한다. 한트케는 그와 같은 노력에 고마움을 표시하고 상금을 코소보에 있는 세르비아 마을에 기부해 달라고 부탁한다. 상금은 2007년 부활절에 전달된다. 세르비아의 자치주였던 코소보에는 이슬람을 믿는 알바니아계 주민이 다수고, 정교를 믿는 세르비아인은 극히 소수(대략 2%)다. 세르비아를 옹호하는 한트케의 입장을 엿볼 수 있다.

2019년 노벨문학상이 그에게 수여되자 미국 펜클럽(PEN America)은 "전 세계에 민족주의와 권위주의적 지도력, 광범위한 허위정보가 기승을 부리는 시점에, (그의 수상자 선정이) 문학계의 기대에 못 미친다"며 "노벨위원회의 문학상 선정에 깊이 유감"이라는 입장을 밝혔다. 1995년 보스니아 스레브레니차 학살의 생존자들도

"학살을 부인하는 사람에게 상을 주는 것은 부끄러운 일"이라며 11일 문학상 선정 취소를 요구했다. 내전 피해자인 코소보 측 역시 "훌륭한 작가들로 가득한 이 세상에서 노벨위원회는 하필 인종적 증오와 폭력의 옹호자를 수상자로 선정했다"며 불편한 심기를 숨기지 않았다.

하지만 이러한 논란에 대해 스웨덴 한림원의 마츠말름 사무차장은 뉴욕 타임스에 노벨문학상은 "선정위원회가 문학적·미학적 기준에 따라 선정했다"며, "한림원의 권한은 문학적 우수성을 정치적 배려와 비교해 헤아리는 것은 아니다"라고 말했다. 한림원 일원인 안데르스 올손도 "이는 정치적인 상이 아니고 문학상"이라는 입장을 밝혔다.

한트케는 "스웨덴 한림원이 그 같은 결정을 한 것은 매우 용기 있는 일"이라며 "그들은 좋은 사람들"이라고 밝혔다. 그는 또 오스트리아의 뉴스 통신사 APA와의 인터뷰에서 "나의 작품이 이제 빛을 보는 것 같다"고 말했다. 한트케와 함께 노벨문학상(2018년) 수상자로 선정된 폴란드의 올가 토카르추크(1962~)는 한트케에 대해 "개인적으로 매우 높이 평가하는 작가"라며 치켜세웠다.

** 위 노벨상 논란에 대한 내용은 2019년 10월 14일 중앙일보 "노벨문학상 거센 후폭풍 … 한트케 수상 철회 요구 움직임도" 에서 참고.

꿈꾸었던 동화의 나라와 작별

꿈꾸었던 동화의 나라와 작별

Abschied des Träumers vom Neunten Land

초판 1쇄 인쇄 2022년5월25일 | 초판 1쇄 발행 2022년6월7일 | 지은이 페터 한트케 | 번역 윤용호 | 펴낸이 임용호 | 펴낸곳 도서출판 종문화사 | 표지·본문디자인 Design5gam | 영업 이동호 이사 | 인쇄 천일문화사 |제본 영글문화사| 출판등록 1997년4월1일 제22-392 | 주소 서울시 은평구 연서로 34길2 3층 | 전화 (02)735-6891 | 팩스 (02)735-6892 | E-mail jongmhs@hanmail.net | 값 18,000원 ⓒ 2022, Jong Munhwasa printed in Korea | ISBN 979-11-87141-74-7 03850 | 잘못된 책은 바꾸어 드립니다.